適合從零開始的初學者

韓語發音
快速入門

劉小瑛◎編著

哈福

初學韓語者的第一本書

好的開始是成功的一半

這本書，是針對完全沒有韓語基礎的讀者所設計的，讓讀者從最基礎、最基礎的『發音』開始入門。想要說一口漂亮的韓語，標準、道地的發音，是不可或缺的。所以，在剛開始學韓語時，一定要打好發音的基礎。

課程編排依照難易度，循序漸進

本書的結構，依照難易度編排，讓讀者循序漸進、無壓力的學習。剛開始從「單母音、單子音、收音」等基本發音學起，然後進階到「雙子音、雙母音、其他的收音」等的單元。

學會了基本的發音，再學習韓語特殊的發音規則，瞭解韓語中，有哪些音變現象。

學習兼顧練習，打好發音基礎

在每課課程單元的安排上，除了有「發音要訣」，介紹正確發音的技巧外，還有拼音和單字的學習。

在學習的過程中，為了幫助讀者得到明顯的學習效果。除了在課程中，設計了許多練習的單元。每學到一個階段，都會有「韓語太會考」的單元，讓讀者驗收學習效果，檢測自己的學習程度。

如果學習的得心應手，可以往下繼續學習；如果覺得自己學習狀況不佳，則回過頭複習好那個單元後，再繼續往下學習。這樣的設計，主要是為了幫讀者建立良好的學習基礎，提醒讀者要注意自己的學習效果，這樣才不會枉費自己想學好韓語的決心。

搭配MP3，學習效果加倍

學習語言的方式有很多種，如果只用一種方式學習，難免會因為覺得枯燥無味，而萌生放棄的念頭。

因此，為了增強讀者的學習效果，體驗學習韓語的樂趣。哈福特別聘請專家錄製MP3，讓讀者可以透過不同的方式，快樂的學 習韓語。

你可以依照自己的喜好、吸收能力、學習環境等的改變，選擇用「書本」、「MP3」等方式，輕鬆的學習韓語。

　　對初學者而言，「發音」是學習外語的入門，更是學習外語永遠的基礎。但是，在韓語教學書中，發音這個部分，大多以精簡的介紹帶過。這對想要學好發音的中國人而言，無疑是很大的遺憾。

　　本書是特別針對中國人學習發音，所設計的基礎韓語學習教材。用淺顯易懂的文字，簡單易學的方式，系統性的介紹韓語音素和音韻。

　　本書豐富的內容，搭配MP3學習，在無師自通的情況下，仍能靠自學，反覆練習，訓練聽、說、讀、寫的能力，是韓語初學者最佳入門書。

第三篇 收音

第四篇 特殊發音規則

第五篇 模擬測驗

1. 韓語發音概說

韓國文字的由來

　　韓國使用的語言和文字，深受漢文化的影響。韓國人在還沒發明出自己的文字之前，雖然講的話是使用韓語，但是書寫的文字，則是借用中國的漢字。結果，當時的社會出現了『說韓語，寫漢字』的現象。

　　由於古時候的韓國，只有貴族和知識份子，有受教育的機會，所以，知識份子可以透過漢字書寫和學習，但是，平民則是目不識丁。這樣的情形，使得貴族（韓國人稱為兩班）和庶民之間，可以用韓語做口語的溝通，但是若要用文字傳遞訊息，卻有著一層隔閡。

　　到了朝鮮王朝，第四代君王『世宗大王』，擔心這種隔閡有逐漸嚴重的趨勢，更甚者擔心韓國的文化會因此而失傳，所以，感受到擁有自己的文字的重要。

　　為了讓韓國人擁有專屬的文字，使韓國文化得以廣泛的延續下去，世宗大王決定要發明韓國的文字。在西元一四四三年創制文字，一四四六年以『訓民正音』命名，並正式頒佈為韓國的文字。經過時代的發展，當時頒佈的二十八個基本字母，演變成為今日使用的二十四個字母，而韓文也慢慢演變為現在所使用的文字型態。

韓文字母簡介

　　韓文字是由單子音、雙子音、單母音、雙母音、收音等字母組合而成的,並由初聲子音、中聲母音、終聲子音等音素拼音而成的語言。例如:

初聲子音 ——— 딸 ——— 中聲母音

終聲子音又叫收音

　　在韓語的字母中,子音共有十九個,包括:基本子音十四個,雙子音五個。母音的部分,單母音有十個,雙母音則有十一個。而收音的部份,由七個代表音來發音。有關各個字母詳細的介紹,可細讀內文中的說明。

注意:

　　韓語的子音無法單獨發音,必須藉助母音的輔助,才能發出該子音正確的發音,此外,為了方便介紹與學習,韓國人給每個字母取了一個名字。我們可以從字母名稱的唸法,學習該字母的正確發音。**例如:子音**

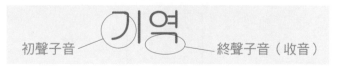

初聲子音　　　　　　　　　　終聲子音(收音)

(每個字母的名稱,可參考第10頁,以及每課第一頁的介紹)

韓文造字及拼音方式

括弧內的字，是韓文字羅馬拼音的拼寫方式。

1 一個單母音或一個雙母音

오（o）五；아（a）啊；왜（wae）為什麼。

註：當子音ㅇ搭配一個母音成字時，子音ㅇ不發音，是個虛字。

2 子音加母音

개（gae）狗

拼寫方式：子音ㄱ（g）＋母音ㅐ（ae）＝개（gae）

그（geu）那

拼寫方式：子音ㄱ（g）＋母音ㅡ（eu）＝그（geu）

③ 子音加母音加子音

꽃（kkot）花

子音（ㄲ）
母音（ㅗ）
子音（ㅊ）

拼寫方式：雙子音ㄲ（kk）+母音ㅗ（o）+子音ㅊ（t）＝꽃（kkot）

방（bang）房間

子音 （ㅂ）	母音 （ㅏ）
子音 （ㅇ）	

拼寫方式：子音ㅂ（b）+母音ㅏ（a）+子音ㅇ（ng）=방（bang）。

③-1 母音加子音

용（yong）龍；茸

子音（ㅇ）
母音（ㅛ）
子音（ㅇ）

拼寫方式：ㅇ+母音ㅛ（yo）+子音ㅇ（ng）＝용（yong）
註：上面的子音ㅇ是無聲虛字，下面的ㅇ是有聲子音，發ng[ŋ]的音。

④ 子音加雙母音

과（gwa）科；課

子音（ㄱ）	
雙母音（ㅘ）	

拼寫方式：子音ㄱ（g）+雙母音ㅘ（wa）＝과（gwa）

5 子音加雙母音加單子音

광（gwang）光

子音 （ㄱ）	雙母音 （ㅘ）
子音（ㅇ）	

拼寫方式：子音ㄱ（g）+雙母音ㅘ（wa）+子音ㅇ（ng）＝광（gwang）

6 子音加母音加雙子音

삶（sam）生活；人生

子音 （ㅅ）	母音 （ㅏ）
子音 （ㄹ）	子音 （ㅁ）

拼寫方式：子音ㅅ（s）+母音ㅏ（a）+雙子音ㄹㅁ〔ㅁ（m）為代表音〕＝삶〔삼〕（sam）

밖（bak）外面

子音 （ㅂ）	母音 （ㅏ）
雙子音 （ㄲ）	

拼寫方式：子音ㅂ（b）+母音ㅏ（a）+雙子音ㄲ〔代表音為ㄱ（k）〕＝밖〔박〕（bak）

　　韓文的發音與拼音方法，是不是很簡單又很有趣呢？瞭解了韓文的拼音規則後，看到韓文字，即使是你沒有學過的生字，相信你都可以順利的拼出它的正確發音。只要多加練習，相信很快就能學會拼音的技巧，奠定好紮實的韓語基礎，加油囉！

2. 基本字母發音表

母音 \ 子音	ㅏ (아)	ㅑ (야)	ㅓ (어)	ㅕ (여)	ㅗ (오)	ㅛ (요)	ㅜ (우)	ㅠ (유)	ㅡ (으)	ㅣ (이)
ㄱ (기역)	가	갸	거	겨	고	교	구	규	그	기
ㄴ (니은)	나	냐	너	녀	노	뇨	누	뉴	느	니
ㄷ (디귿)	다	댜	더	뎌	도	됴	두	듀	드	디
ㄹ (리을)	라	랴	러	려	로	료	루	류	르	리
ㅁ (미음)	마	먀	머	며	모	묘	무	뮤	므	미
ㅂ (비읍)	바	뱌	버	벼	보	뵤	부	뷰	브	비
ㅅ (시)	사	샤	서	셔	소	쇼	수	슈	스	시
ㅇ (이응)	아	야	어	여	오	요	우	유	으	이
ㅈ (지읒)	자	쟈	저	져	조	죠	주	쥬	즈	지
ㅊ (치읓)	차	챠	처	쳐	초	쵸	추	츄	츠	치
ㅋ (키읔)	카	캬	커	켜	코	쿄	쿠	큐	크	키
ㅌ (티읕)	타	탸	터	텨	토	툐	투	튜	트	티
ㅍ (피읖)	파	퍄	퍼	펴	포	표	푸	퓨	프	피
ㅎ (히읗)	하	햐	허	혀	호	효	후	휴	흐	히

3. 韓文字羅馬拼音拼寫對照表

　　在韓語中，由於有些音標使用西方特殊的音標方式，電腦比較不容易打出來。因而，韓國政府為了讓韓文更加的普及，利於拓展觀光事業，加速國家的資訊化。在西元二〇〇〇年，新公布了一套『最新的羅馬拼音標示法』，將韓文字的羅馬拼音方式加以統一，而這些羅馬拼音的標註方式，都可以用英文的二十六個字母表示，方便電腦化。

　　雖然，連韓國當地人，都還不習慣這一套新的羅馬拼音，習慣用舊的拼音方法，但是，為了加速國家的發展，韓國政府已經把路標上的韓文字，以及跟韓國觀光相關的旅遊手冊上的韓文字，改用了這一套最新的羅馬拼音標註方式。

　　因此，為了方便國人學習，在此特別列出，韓國政府最新公布的官方羅馬拼音標註規則，同時，在內文中的羅馬拼音，也是採用此套拼音標準，方便讀者練習羅馬拼音的拼寫。

　　而在發音方面，這套羅馬拼音可作為學習的參考。不過，要學好道地的韓語發音，因為韓語本身就是拼音語言，所以，直接透過韓文學習韓語是最好的。

▌母音

單母音	ㅏ	ㅓ	ㅗ	ㅜ	ㅡ	ㅣ	ㅐ	ㅔ	ㅚ	ㅟ
羅馬拼音	a	eo	o	u	eu	i	ae	e	oe	wi

雙母音	ㅑ	ㅕ	ㅛ	ㅠ	ㅒ	ㅖ	ㅘ	ㅙ
	ㅝ	ㅞ	ㅢ					
羅馬拼音	ya	yeo	yo	yu	yae	ye	wa	wae
	wo	we	ui					

單子音	ㄱ	ㄴ	ㄷ	ㄹ	ㅁ	ㅂ	ㅅ	ㅇ
	ㅈ	ㅊ	ㅋ	ㅌ	ㅍ	ㅎ		
羅馬拼音	g,k	n	d,t	r,l	m	b,p	s	×,ng
	j	ch	k	t	p	h		

雙子音	ㄲ	ㄸ	ㅃ	ㅆ	ㅉ
羅馬拼音	kk	tt	pp	ss	jj

4. 發音部位側面圖

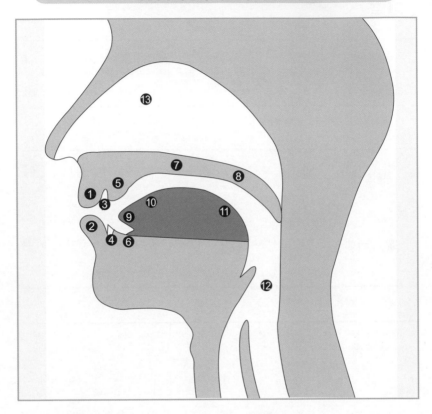

1 上唇
2 下唇
3 上牙齒
4 下牙齒
5 上齒齦
6 下齒齦
7 硬顎

8 軟顎
9 舌尖
10 舌面;舌前
11 舌根;舌後
12 聲帶;喉嚨
13 鼻腔

第1篇

母音

母音總表

單母音	ㅏ ㅓ ㅗ ㅜ ㅡ ㅣ ㅐ ㅔ ㅟ
雙母音	ㅑ ㅕ ㅛ ㅠ ㅒ ㅖ ㅘ ㅙ
	ㅝ ㅞ ㅢ

 發母音時，舌頭的位置圖

（舌的前後位置）

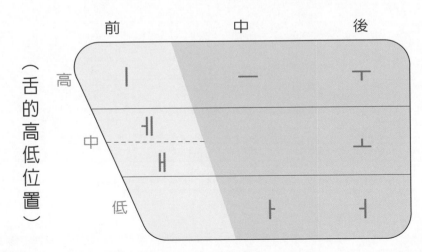

（舌的高低位置）

單母音 1

ㅏ

（아）

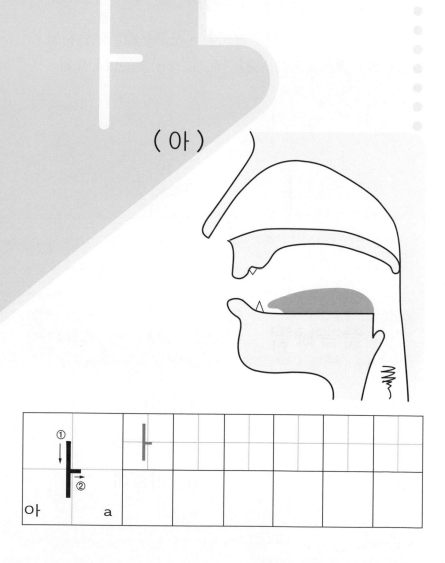

	ㅏ						
아 a							

下顎向下延伸，嘴巴往左右、上下的方向，自然張開到最大，嘴形接近大圓形。舌頭自然平放，不要隆起，舌尖靠近下齒齦，發出『ㄚ／a』的音。

註：『ㄚ／a』的標示方式中，左邊是國語注音符號，右邊是韓文羅馬拼音的拼寫符號，往後出現的以此類推。

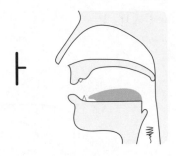

 發音練習　請先聽老師的示範，再跟著唸

1. 아아아
2. 아이아
3. 아오아
4. 아아이
5. 아우아
6. 아오아

$$ㅇ + ㅏ = 아$$
×   a   a

$$ㅇ + ㅣ = 이$$
×   i   i

아이 小孩

$$ㅇ + ㅏ = 아$$
×   a   a

$$ㄱ + ㅣ = 기$$
g   i   gi

아기 嬰兒

 讀一讀　先自己試著讀看看，
老師會告訴你正確的答案！

1. 아니오　不

2. 아버지　爸爸（尊稱）

3. 아빠　爸爸（稱）

4. 아동　兒童

5. 아프다　痛

6. 아가씨　小姐

單母音2

ㅓ

（어）

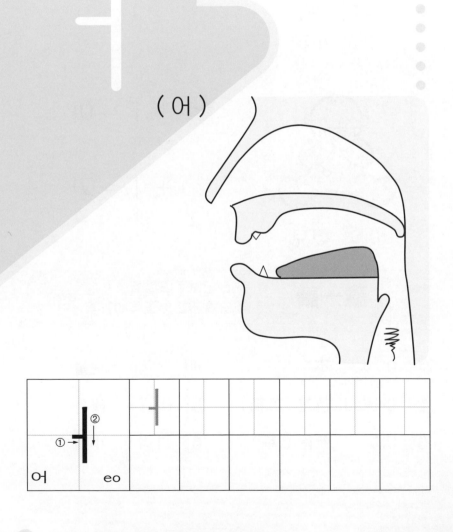

어	ㅓ①→②↓	ㅓ						
어	eo							

發音要訣

　　嘴巴張開，開口的程度，比發『ㅏ』音時的小，舌根（舌後）處要往軟顎的方向，稍微向上突起。舌尖自然平放在下齒齦的地方發出「ㄜ的後半音／eo」。

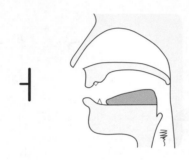

發音練習 　請先聽老師的示範，再跟著唸

1. 어어어

2. 어이어

3. 어으어

4. 어아어

5. 아어아

6. 어어으

어머니 媽媽（尊稱）

$$ㅇ + ㅓ = 어$$
×   eo   eo

$$ㅁ + ㅓ = 머$$
m   eo   meo

$$ㄴ + ㅣ = 니$$
n   i   ni

어깨 肩膀

$$ㅇ + ㅓ = 어$$
×   eo   eo

$$ㄲ + ㅐ = 깨$$
kk   ae   kkae

 讀一讀   先自己試著讀看看，老師會告訴你正確的答案！

1. 엄마 　媽媽（稱）

2. 어른 　大人

3. 어디 　哪裡

4. 어서 　趕緊

5. 영어 　英語

6. 어느 　哪；某

24

單母音3

ㅗ

（오）

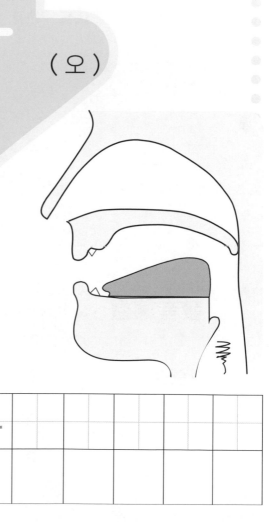

ㅗ						
오　ㅇ						

嘴巴微張開口度小，雙唇往內搓呈圓形，舌頭往後縮，舌根（舌後）處往上抬起，舌尖自然平放，不要捲起，發出像『ㄛ／o的前半段音』的音。

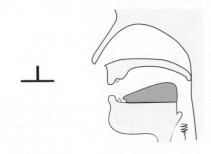

ㅗ

發音練習　請先聽老師的示範，再跟著唸

1. 오오오

2. 오우오

3. 오어오

4. 오아오

5. 오이어

6. 오아으

拼音練習

5

$$ㅇ + ㅗ = 오$$
×   o   o

오 五

$$ㅇ + ㅗ = 오$$
×   o   o

$$ㅇ + ㅣ = 이$$
×   i   i

오이 黃

 讀一讀   先自己試著讀看看，
老師會告訴你正確的答案！

1. 오다　來
2. 오리　鴨子
3. 오래　好久
4. 오렌지　柳橙
5. 오전　上午
6. 오후　下午

單母音4

ㅜ

(우)

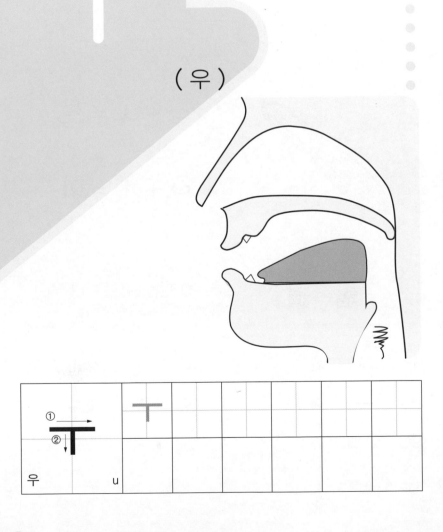

		ㅜ					
① → ㅜ ② ↓							
우 u							

發音要訣

　　嘴巴張開度最小，雙唇往外搓呈圓形。整個口腔內的空間縮小，舌的位置往後、偏高，舌根處抬起，接近軟顎，發出像『ㄨ／u』的音。

ㅜ

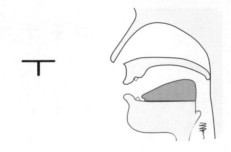

 發音練習　請先聽老師的示範，再跟著唸

1.	우우우	4.	우아우
2.	우으우	5.	우이우
3.	우오우	6.	우어우

우유　牛奶

$$ㅇ + ㅜ = 우$$
× 　 u 　 u

$$ㅇ + ㅠ = 유$$
× 　 yu 　 yu

우표　郵票

$$ㅇ + ㅜ = 우$$
× 　 u 　 u

$$ㅍ + ㅛ = 표$$
p 　 yo 　 pyo

 讀一讀　先自己試著讀看看，
老師會告訴你正確的答案！

1. 우아　　優雅

2. 우리　　我們

3. 우동　　烏龍麵

4. 우산　　雨

5. 우주　　宇宙

6. 우체국　郵局

挑戰一下

（一）寫寫看

聽老師的發音後寫出名寫出
正確的母音子音

1. _____

2. _____

3. _____

4. _____

5. _____

 ## （二）連連看

1. 聽老師唸的單字後，連出正確的選項。

2. 如果你一直很認真的學習，都很熟悉課文的內容，也可以聽老師的題目，把答案寫在空白處，試試看吧。

1. _____ •   • 오이

2. _____ •   • 아이

3. _____ •   • 아기

4. _____ •   • 어깨

5. _____ •   • 오후

（三）填填看 聽到老師唸的韓文單字後，請將正確的字填寫在空格處。

1. _____프다

2. _____래

3. _____디

4. _____서

5. _____리

6. _____머니

7. _____니오

解答：

（一）1. ㅓ　2. ㅗ　3. ㅜ　4. ㅏ　5. ㅓ

（二）1. 아기　2. 어깨　3. 오이　4. 오후　5. 아이

（三）1. 아　2. 오　3. 어　4. 어　5. 오　6. 어　7. 아

單母音5

（으）

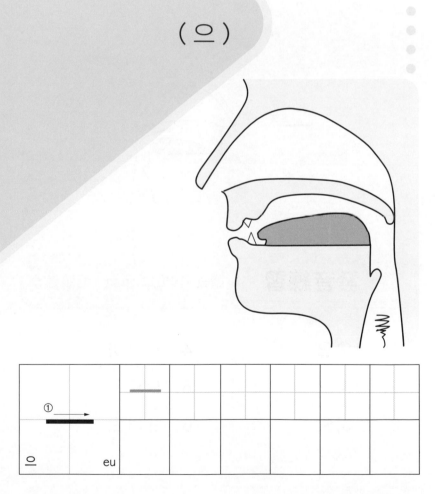

① ──▶ 으	eu	─							

　　雙唇稍微往左右兩邊的方向張開，開口度偏小，舌頭稍微往後縮，舌根處往軟顎的方向抬起，注意上下牙齒不要碰在一起，發出像『ㄜ的前半段音／eu』的音。

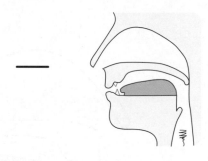

 發音練習　請先聽老師的示範，再跟著唸

1. 으으으

2. 으아으

3. 으이으

4. 으우이

5. 으오으

6. 으어으

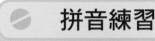

拼音練習

ㄱ 黃金

ㄱ + ㅡ + ㅁ = 금
g   eu   【m】   geum

음악 音樂

ㅇ + ㅡ + ㅁ = 음
×   eu   【m】   eum

ㅇ + ㅏ + ㄱ = 악
×   a   【k】   ak

讀一讀

先自己試著讀看看，
老師會告訴你正確的答案！

1. 으뜸 　第一；頭等

2. 그럼 　當然

3. 음식 　飲食

4. 느낌 　感覺

5. 흐르다 流

6. 은행 　銀行

單母音6

ㅣ

(이)

		ㅣ							
① ↓									
이		i							

發音要訣

　　嘴巴的開口度小，雙唇往左右兩邊的方向拉開（稍微用力），口腔上下的空間自然縮小呈扁平狀，舌頭往上抬起，所以，舌面貼近硬顎，舌尖自然碰觸到下齒，舌位偏高。上下牙齒稍微分開不要咬合，發出『一／i』的音。

ㅣ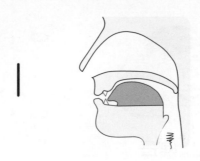

 發音練習 請先聽老師的示範，再跟著唸

1. 이이이

2. 이어이

3. 이으이

4. 이오이

5. 이아이

6. 이우이

拼音練習

2

$$○ + | = 이$$
×   i   i

이 二

이모 姨母

$$○ + | = 이$$
×   i   i

$$□ + ⊥ = 모$$
m   o   mo

 讀一讀   先自己試著讀看看，
老師會告訴你正確的答案！

1. 이빨　牙齒

2. 이유　理由

3. 이마　額頭

4. 이기다　贏

5. 이리　這裡

6. 이름　名字

單母音7

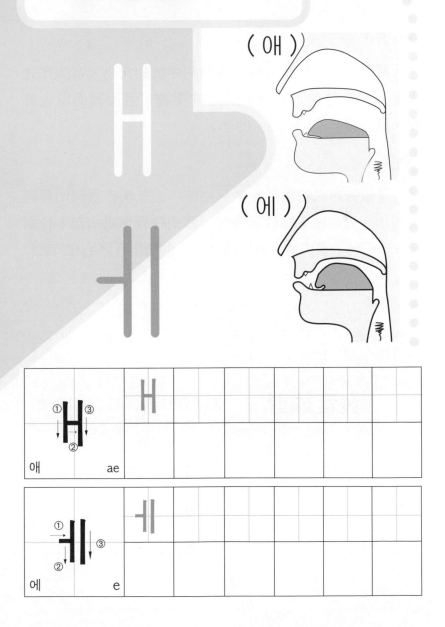

(애)

(에)

①ㅐ③ ② 애　　ae	ㅐ						

①ㅔ③ ② 에　　e	ㅔ						

發音要訣

◆ ㅐ

雙唇往左右拉開，嘴巴張開約中度的大小，舌尖頂住下齒，舌身往前，向硬顎的方向突起，舌頭表面貼近硬顎，發出接近『ㄝ／ae』的音。

◆ ㅔ

發音的方式和發『ㅐ』音相似，但是嘴巴張開的程度比較小，舌尖往下貼住下齒齦，舌前往硬顎處抬起，比發『ㅐ』音時，還要高，發出類似『ㄟ的前半音／e』的音。

發音練習

請先聽老師的示範，再跟著唸

1. 애애애

2. 애이애

3. 애오애

4. 에에에

5. 에어에

6. 에으에

拼音練習

애 小孩

$$ㅇ + ㅐ = 애$$
×   ae   ae

메뉴 菜單(menu)

$$ㅁ + ㅔ = 메$$
m   e   me

$$ㄴ + ㅠ = 뉴$$
n   yu   nyu

 讀一讀   先自己試著讀看看，
老師會告訴你正確的答案！

1. 애국   愛國

2. 애인   愛人

3. 배   梨；船；肚子

4. 가게   小店；商店

5. 세상   世上

6. 네   是的（敬語的回應詞）

單母音8

ㅗ (외)

ㅜ (위)

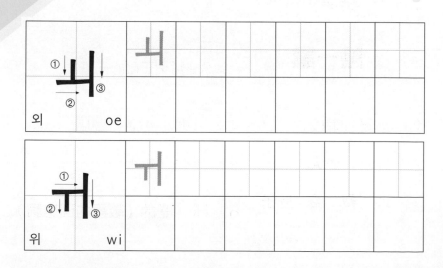

외　　　　oe

위　　　　wi

發音要訣

　　在韓語裡，母音「외」、「위」比較特別，雖然看起來由兩個單母音組合而成像雙母音，但是卻屬於單母音。它們也被允許以雙母音的發音方式來發音，也就是發音的嘴型前後有變化，但是發音的音節只有一個單音。

◆　외 = ㅗ + ㅣ

　　這個音比較特別，雖然看起來是『ㅗ』和『ㅣ』的結合，但是卻發單音『oe』。發音時，先做『o』的音的嘴型，同時快速發『e』的音。

◆　위 = ㅜ + ㅣ

　　發音時，先發『ㅜ』的音，同時快速滑向『ㅣ』的單母音，發出接近『ㄩ/wi』的音。

發音練習　　請先聽老師的示範，再跟著唸

1. 외외외

2. 오이외

3. 으이외

4. 위위위

5. 우이위

6. 위이위

拼音練習

ㄱ + ㅚ = 괴
g　　oe　　goe

ㅁ + ㅜ + ㄹ = 물
m　　u　　【l】　　mul

괴물　怪物

ㅈ + ㅟ = 쥐
j　　wi　　jwi

쥐　老鼠

 讀一讀　先自己試著讀看看，
老師會告訴你正確的答案！

1. 외국인　外國人
2. 회화　會話
3. 귀　　耳朵

4. 위　　胃；上面
5. 위치　位置
6. 뒤　　後面

（一）寫寫看

聽老師的發音後名寫出正確的母音子音

1. _____

2. _____

3. _____

4. _____

5. _____

（二）連連看

1. 聽老師唸的單字後，連出正確的選項。

2. 如果你一直很認真的學習，都很熟悉課文的內容，也可以聽老師的題目，把答案寫在空白處，試試看吧。

1. _____ •   • 외국인

2. _____ •   • 이기다

3. _____ •   • 음악

4. _____ •   • 귀

5. _____ •   • 위치

（三）填填看 聽到老師唸的韓文單字後，請將正確的字填寫在空格處。

1. _____ 모

2. 가 _____

3. _____ 빨

4. _____ 뉴

5. _____ 인

6. _____ 르다

7. _____ 뜸

解答：

（一）1. ㅡ　　2. ㅐ　　3. ㅣ　　4. ㅔ　　5. ㅚ

（二）1. 위치　2. 음악　3. 귀　4. 이기다　5. 외국인

（三）1. 이　　2. 게　　3. 이　　4. 메　　5. 애　　6. 흐　　7. 으

雙母音1

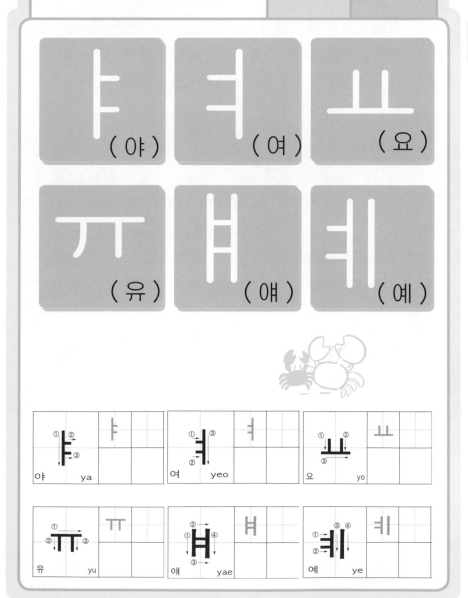

| ㅑ (야) | ㅕ (여) | ㅛ (요) |
| ㅠ (유) | ㅐ (애) | ㅖ (예) |

| 야 | ya | 여 | yeo | 요 | yo |
| 유 | yu | 애 | yae | 예 | ye |

📎 發音要訣

　　在韓文裡所謂的雙母音，就是由兩個母音組合而成的音，但是發的音還是一個音。這一組的雙母音，有一個共同點，就是它們都是本身的音，前面多加一個母音『ㅣ/i』。

◆ ㅑ = ㅣ + ㅏ

　　發音時，先發『ㅣ』的半音，再緊接著發完整的『ㅏ』音，發出接近『一ㄚ/ya』的音。要注意的是『ㅑ』是一個音節，『ㅣ』的音，只是一個起頭的半音，所以，『ㅣ』和『ㅏ』兩個音要結合起來一起發，不要分開發。變成兩個音，就不對了。發的時候『ㅣ』的音是起頭音，要輕柔且短，『ㅏ』的音則較清楚且重。

◆ ㅕ = ㅣ + ㅓ

　　發音時，先發『ㅣ』的音，再快速發出『ㅓ』的音，形成『ㅕ/yeo』的音。

◆ ㅛ = ㅣ + ㅗ

　　發音時，先發『ㅣ』的音，再快速發出『ㅗ』的音，形成『ㅛ/yo』的音。

◆ ㅠ = ㅣ + ㅜ

發音時，以『ㅣ』的音起頭，再快速滑向『ㅜ』的音，形成一個『ㅠ／yu』的音。

◆ ㅒ = ㅣ + ㅐ

發音時，以『ㅣ』的音起頭，再快速滑向『ㅐ』的音，形成一個『ㅒ／yae』的音。

◆ ㅖ = ㅣ + ㅔ

發音時，以『ㅣ』的音起頭，再快速滑向『ㅔ』的音，形成一個『ㅖ／ye』的音。

發音練習　請先聽老師的示範，再跟著唸

1. 야야야 이아야

2. 여여여 이어여

3. 요요요 이오요

4. 유유유 이우유

5. 애애애 이애애

6. 예예예 이에예

야구 棒球

$$○ + ㅑ = 야$$
×   ya   ya

$$ㄱ + ㅜ = 구$$
g   u   gu

여자 女子；女人

$$○ + ㅕ = 여$$
×   yeo   yeo

$$ㅈ + ㅏ = 자$$
j   a   ja

讀一讀　　先自己試著讀看看，
老師會告訴你正確的答案！

1. 요리　料理

2. 유리　玻璃

3. 여기　這裡

4. 예쁘다　漂亮

5. 여행　旅行

6. 예보　預報

雙母音2

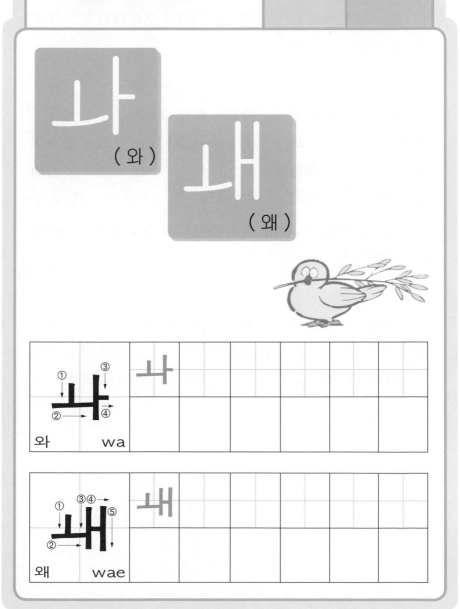

ㅘ
（와）

ㅙ
（왜）

와　wa

왜　wae

這一組的雙母音，它們的共同點，是單母音前，多加另一個母音『ㅗ』。

◆ ㅘ = ㅗ + ㅏ

發音時，先發『ㅗ』的音，再緊接著發『ㅏ』的音，發出接近『ㄨㄚ／wa』的音。要注意的是，『ㅘ』是一個音，『ㅗ』是一個起頭的音，所以，『ㅗ』和『ㅏ』兩個音要結合起來一起發，不要分開發。

發音的時候『ㅗ』的音，要輕柔且短；而『ㅏ』的音則較清楚而重。

◆ ㅙ = ㅗ + ㅐ

發音時，先發『ㅗ』的音，再緊接著發『ㅐ』的音。發ㅙ『ㄨㄟ/wae』這樣的雙母音時，兩個音要發成一個音，聲音要自然、圓潤，不要分開發音，感覺硬梆梆的。

發音練習 請先聽老師的示範，再跟著唸

1. 와와와 오아와
2. 왜왜왜 오애왜
3. 와와와　　왜왜왜
4. 와와왜 왜외외
5. 와왜와 왜와왜
6. 과괘괴 데디되

第 1 篇

拼音練習

과자 **餅乾**

ㄱ ＋ ㅘ ＝ 과
g　　wa　　gwa

ㅈ ＋ ㅏ ＝ 자
j　　a　　ja

돼지 **豬**

ㄷ ＋ ㅙ ＝ 돼
d　　wae　　dwae

ㅈ ＋ ㅣ ＝ 지
j　　i　　ji

讀一讀　先自己試著讀看看，
老師會告訴你正確的答案！

1. 사과　蘋果

2. 화가　畫家

3. 좌석　座位

4. 왜?　為什麼?

5. 쾌정　快艇

6. 쾌속　快速

雙母音3

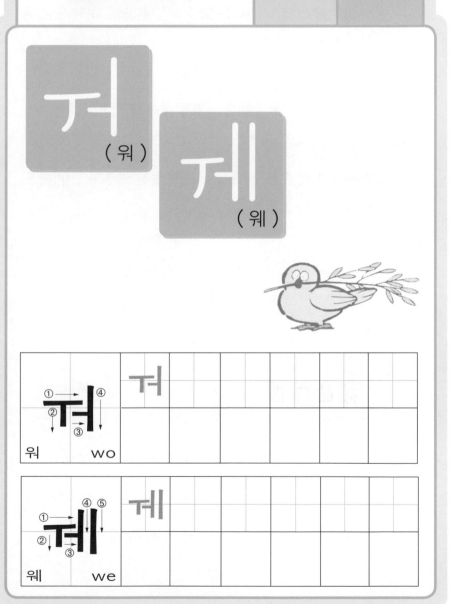

	워						
①→ ④ ②↓ ㅝ ↓ ③→ 워　　wo	ㅝ						
①→ ④⑤ ②↓ ㅞ ↓ ③→ 웨　　we	ㅞ						

發音要訣

　　這一組的雙母音，是發母音『ㅜ』的音，同時多加另一個母音『ㅓ、ㅔ』。

◆ ㅝ = ㅜ + ㅓ

　　發音時，先發『ㅜ』的音，再緊接著發『ㅓ』的音。

◆ ㅞ = ㅜ + ㅔ

　　發音時，先發『ㅜ』的音，再緊接著發『ㅔ』的音，發出完整的ㅞ『we』音。

 發音練習　請先聽老師的示範，再跟著唸

1. 워워워　우어워

2. 웨웨웨　우에웨

3. 워웨워　워워웨

4. 워워웨　웨위위

5. 궈궤귀　춰췌취

6. 궤궤궤　웨웨웨

拼音練習

웨이터　男服務生(waiter)

ㅇ + ㅔ = 웨
×	we	we

ㅇ + ㅣ = 이
× i i

ㅌ + ㅓ = 터
t eo teo

ㄱ + ㅔ = 궤
g we gwe

궤　櫃子

讀一讀

先自己試著讀看看，
老師會告訴你正確的答案！

1. 뭐？　　什麼？

2. 더워！　怕熱！

3. 워낙　　原本

4. 스웨터　毛衣(sweater)

5. 꿰다　　穿；穿插

6. 위궤양　胃潰瘍

雙母音4

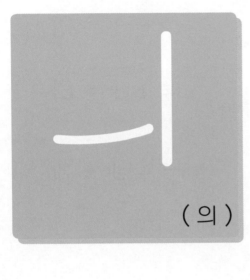

（의）

		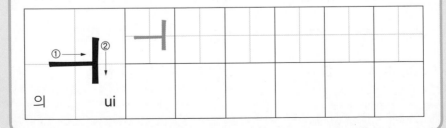						
의	ui							

發音要訣

發這個雙母音，要先發單母音『ㅡ』，接著發『ㅣ』音。

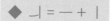

◆ ㅢ = ㅡ + ㅣ

發音時，先發『ㅡ』的音，再緊接著發『ㅣ』的音。這個雙母音有一些特殊的發音規則：

1. 詞首：前面沒有初聲子音時，發『ㅢ/ui』的音。

2. 詞中或詞末：當『의』這個字，出現在單字的中間或後面時，發『ㅢ/ui』為標準音，但也可以發『ㅣ/i』音。

3. 另外，當『의』這個母音前面有初聲子音時，『의』發『이』的音。

4. 當助詞用時：當『의』這個字，做所有格助詞使用時，發『ㅢ/ui』為標準音，但也可以發『ㅔ/e』音。

發音練習　　請先聽老師的示範，再跟著唸

1. 의의의　　　　3. 의의의

2. 으이의　　　　4. 으이의

ㅇ + ㅢ = 의
×   ui   ui

ㅈ + ㅏ = 자
j   a   ja

의자 椅子

ㅇ + ㅢ = 의
×   ui   ui

ㅅ + ㅏ = 사
s   a   sa

의사 醫生

讀一讀　先自己試著讀看看，
老師會告訴你正確的答案！

1. 저의【저의/저에】我的

2. 회의【회의/회이】會議

3. 의의【의의/의이】意義

4. 의견【의견】意見

5. 유희【유히】遊戲

6. 희망【히망】希望

挑戰一下

（一）寫寫看

聽老師的發音後名寫出正確的母音子音

1. _____　　6. _____

2. _____　　7. _____

3. _____　　8. _____

4. _____　　9. _____

5. _____　　10. _____

 ## （二）連連看

1. 聽老師唸的單字後，連出正確的選項。

2. 如果你一直很認真的學習，都很熟悉課文的內容，也可以聽老師的題目，把答案寫在空白處，試試看吧。

1. _____　　　•　　　• 야구

2. _____　　　•　　　• 요리

3. _____　　　•　　　• 웨이터

4. _____　　　•　　　• 외국인

5. _____　　　•　　　• 과자

1. ＿＿＿＿＿＿＿쁘다

2. ＿＿＿＿＿＿＿지

3. ＿＿＿＿＿＿＿

4. ＿＿＿＿＿＿＿자

5. 사＿＿＿＿＿＿＿

6. ＿＿＿＿＿＿＿자

7. ＿＿＿＿＿＿＿

解答：

（一）1. ㅢ 2. ㅟ 3. ㅝ 4. ㅑ 5. ㅕ 6. ㅘ 7. ㅙ
　　 8. ㅠ 9. ㅐ 10. ㅛ

（二）1. 야구 2. 웨이터 3. 요리 4. 외국인 5. 과자

（三）1. 예 2. 돼 3. 왜 4. 여 5. 과 6. 의 7. 귀

第二篇

子音

子音發音位置總表

發音部位 / 發音方式		發音	舌尖 （上齒齦）	舌面 （硬顎）	舌根 （軟顎）	喉嚨
破裂音	平音	ㅂ	ㄷ		ㄱ	
破裂音	重音	ㅃ	ㄸ		ㄲ	
破裂音	氣音	ㅍ	ㅌ		ㅋ	
破插音	平音			ㅈ		
破插音	重音			ㅉ		
破插音	氣音			ㅊ		
插音	平音		ㅅ			ㅎ
插音	重音		ㅆ			
鼻音		ㅁ	ㄴ		ㅇ	
邊音（閃音）				ㄹ		

單子音1

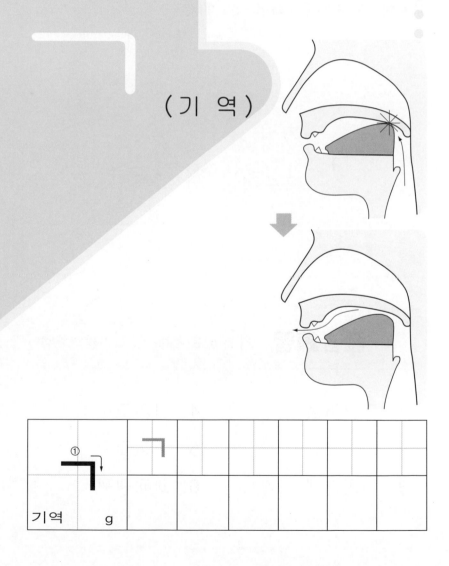

（기　역）

		ㄱ						
기역　　g								

第
2
篇

發音要訣

　　舌根往後抬起，讓舌根頂住軟顎，氣流衝出時，再放開舌根，聲帶不振 ，發出『g』的音。

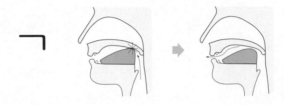

 ## 發音練習　　請先聽老師的示範，再跟著唸

1. 가갸거겨　　　4. 가거고구

2. 고교구규　　　5. 갸겨교규

3. 그기개게　　　6. 과괴궈귀

拼音練習

고기 肉

ㄱ + ㅗ = 고
g   o   go

ㄱ + ㅣ = 기
g   i   gi

가지 茄子

ㄱ + ㅏ = 가
g   a   ga

ㅈ + ㅣ = 지
j   i   ji

讀一讀

先自己試著讀看看，
老師會告訴你正確的答案！

1.	기차	火車
2.	가구	家具
3.	가수	歌手
4.	가을	秋天
5.	거기	那裡
6.	가다	去

單子音2

ㄴ

（니은）

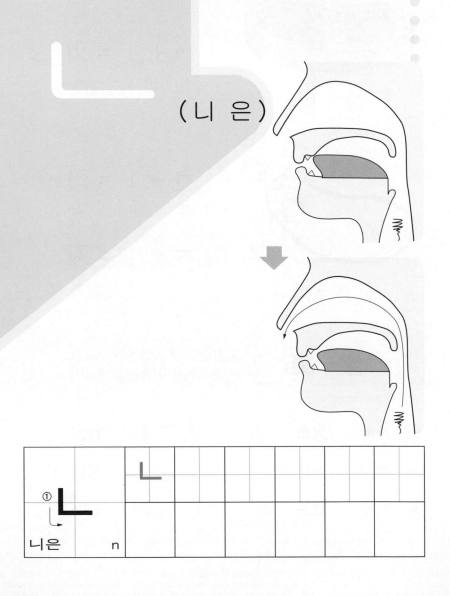

		ㄴ							
①ㄴ 니은　　n									

發音要訣

　　舌尖頂住上齒齦，用鼻腔發聲，讓氣流從鼻腔衝出，同時放開舌尖，離開上齒齦，聲帶需振 ，發出『ㄋ／n』的音。

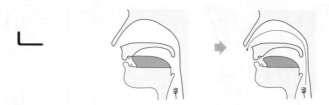

 發音練習　請先聽老師的示範，再跟著唸

1. 나냐 녀

2. 노뇨누뉴

3. 느니내네

4. 놔뇌눠뉘

5. 나 노누

6. 냐녀뇨뉴

拼音練習

ㄴ + ㅏ = 나
n   a   na

ㅁ + ㅜ = 무
m   u   mu

나무 樹

ㄴ + ㅏ = 나
n   a   na

ㅂ + ㅣ = 비
b   i   bi

나비 蝴蝶

 讀一讀　先自己試著讀看看，
老師會告訴你正確的答案！

1. 누나　姊姊（男稱姊）　　4. 나　我

2. 누구　誰　　　　　　　　5. 너　你

3. 무　太　　　　　　　　　6. 나이　年齡

單子音3

ㄷ (디귿)

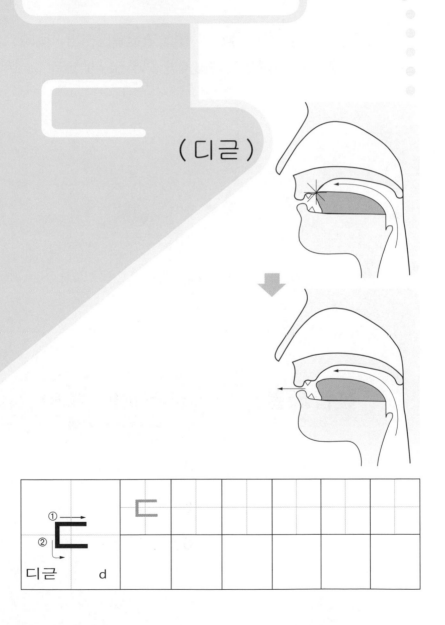

		ㄷ					
① → ㄷ ②							
디귿 d							

發音要訣

　　舌尖頂住上齒齦，阻住氣流，讓氣流從嘴巴衝出，同時舌尖離開上齒齦，氣流爆破，發出接近『ㄉ／d』的輕音。

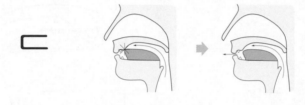

ㄷ

發音練習　請先聽老師的示範，再跟著唸

1. 다더뎌도　　　　4. 돼되둬뒤

2. 됴두듀드　　　　5. 다더도두

3. 디대데돠　　　　6. 뎌됴듀뒤

拼音練習

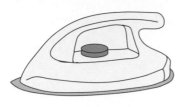

다리미 熨斗

$$ㄷ + ㅏ = 다$$
d　　a　　da

$$ㄹ + ㅣ = 리$$
r　　i　　ri

$$ㅁ + ㅣ = 미$$
m　　i　　mi

돈 錢

$$ㄷ + ㅗ + ㄴ = 돈$$
d　o　【n】　don

 讀一讀　　先自己試著讀看看，
老師會告訴你正確的答案！

1. 다리　腿；橋　　　4. 다투다　爭吵

2. 다시　再；重新　　5. 대답　對答；回答

3. 도시　都市　　　6. 도구　工具

73

單子音4

ㄹ

（리을）

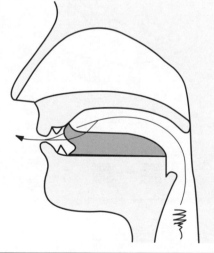

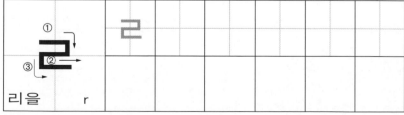

① ②③ ㄹ 리을 r	ㄹ						

發音要訣

　　舌尖輕輕的抵住上齒齦，讓氣流從舌尖通過，同時舌尖輕輕的彈一下，發音類似『ㄌ／l』和『ㄦ／r』的音。

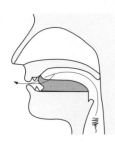

ㄹ

 發音練習　　請先聽老師的示範，再跟著唸

1. 라랴러려
2. 로료루류
3. 르리래레
4. 롸뢰뤄뤼
5. 라러로루
6. 랴려료류

ㄹ + ㅏ = 라
r   a   ra

ㄷ + ㅣ = 디
d   i   di

ㅇ + ㅗ = 오
×   o   o

라디오 收音機（radio）

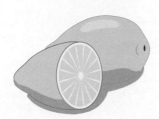

ㄹ + ㅔ = 레
r   e   re

ㅁ + ㅗ + ㄴ = 몬
m   o   【n】   mon

레몬 檸檬（lemon）

讀一讀　　先自己試著讀看看，
老師會告訴你正確的答案！

1. 나라　國家

2. 고려　高麗

3. 로봇　機器人(robot)

4. 노래　歌

5. 고래　鯨魚

6. 거리　街；材料；距離

單子音5

（미음）

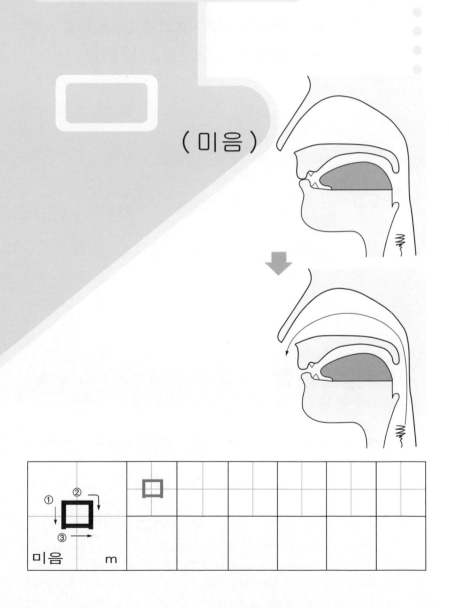

미음　m	ㅁ						

發音要訣

　　雙唇輕輕閉合,用鼻腔發聲,讓氣流從鼻腔通過,雙唇破裂成聲。發聲時振 聲帶,發出『ㄇ／m』的音。

 發音練習 　請先聽老師的示範,再跟著唸

1. 마머여모

2. 묘무유므

3. 미매에외워

4. 마머모무

5. 여묘유

6. 머모므미

拼音練習

머리 頭；頭髮

ㅁ + ㅓ = 머
m　eo　meo

ㄹ + ㅣ = 리
r　i　ri

무우 蘿蔔

ㅁ + ㅜ = 무
m　u　mu

ㅇ + ㅜ = 우
×　u　u

 讀一讀　先自己試著讀看看，老師會告訴你正確的答案！

1. 모자　帽子

2. 미리　事前；預先

3. 미래　未來

4. 고구마　地

5. 마음　心

6. 미술　美術

挑戰一下

（一）寫寫看

聽老師的發音後，寫出正確 的子音（老師會唸出子音的名稱，讀者可以從老師發的第一個音來判斷，老師唸的是哪一個子音）

1. _____

2. _____

3. _____

4. _____

5. _____

（二）連連看

1. 聽老師念的單字後，連出正確的選項。

2. 如果你一直很認真的學習，都很熟悉課文的內容，也可以聽老師的題目，把答案寫在空白處，試試看吧。

1. _____ •   • 고구마

2. _____ •   • 미리

3. _____ •   • 머리

4. _____ •   • 라디오

5. _____ •   • 도구

1. ＿＿＿＿＿＿＿＿우

2. ＿＿＿＿＿＿＿＿비

3. 거＿＿＿＿＿＿＿

4. ＿＿＿＿＿＿＿＿구

5. 다＿＿＿＿＿＿미

6. ＿＿＿＿＿＿＿＿리

7. ＿＿＿＿＿＿＿＿래

第2篇

解答：

（一）1. ㄱ　2. ㅁ　3. ㄴ　4. ㄷ　5. ㄹ

（二）1. 미리　2. 고구마　3. 라디오　4. 머리　5. 도구

（三）1. 무　2. 나　3. 기　4. 누　5. 리　6. 다　7. 노

單子音6

ㅂ

（비읍）

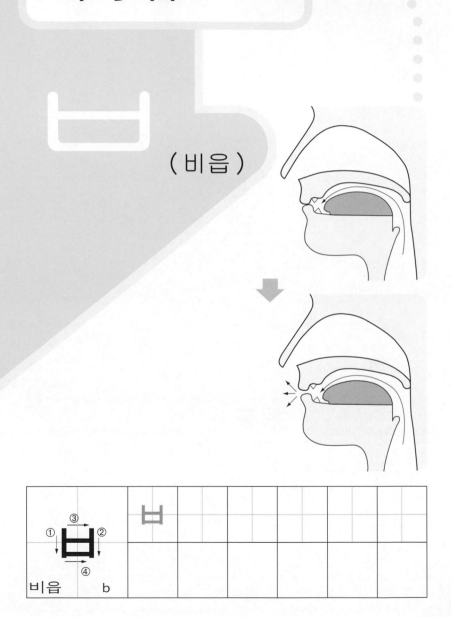

	ㅂ						
③ ①ㅂ② ④ 비읍　b							

發音要訣

　　雙唇稍微用力緊閉，讓氣流衝破雙唇，從口中衝出，氣流爆發成聲，發出『ㄅ／b』的輕音。

ㅂ

 發音練習　　請先聽老師的示範，再跟著唸

1. 바버벼보

2. 부뷰부비

3. 배베봐뵈

4. 바바버버

5. 보보부부

6. 벼벼뷰뷰

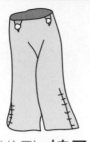

ㅂ + ㅏ = 바
b   a   ba

ㅈ + ㅣ = 지
j   i   ji

바지 褲子

ㅂ + ㅣ = 비
b   i   bi

비 雨

 讀一讀   先自己試著讀看看，
老師會告訴你正確的答案！

1.	비누	肥皂	4.	바보	傻
2.	보다	看	5.	보리	大麥
3.	바다	海	6.	부모	父母

單子音7

人 （ㅅ ）

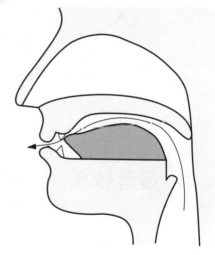

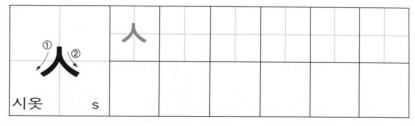

		人					
①人②							
ㅅ옷	s						

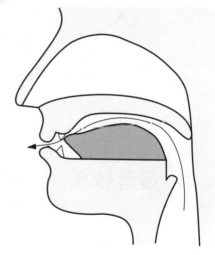

發音要訣

　　嘴巴微張，舌尖輕輕抵住上齒，舌前接近硬顎，形成一個縫隙，讓氣流從此隙縫中衝出，摩擦成聲，發出接近『ㄙ／s』的輕音。

 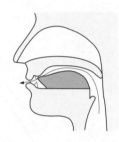

 發音練習　請先聽老師的示範，再跟著唸

1. 사샤서셔

2. 소쇼수슈

3. 스시새세

4. 좌쇄쇠쉬

5. 사서소수

6. 샤셔쇼슈

拼音練習

소 牛

ㅅ + ㅗ = 소
s   o   so

사자 獅子

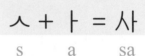

ㅅ + ㅏ = 사
s   a   sa

ㅈ + ㅏ = 자
j   a   ja

 讀一讀   先自己試著讀看看，
老師會告訴你正確的答案！

1.	소리	聲音
2.	서로	互相
3.	수도	首都
4.	새우	蝦子
5.	사람	人
6.	사다	買

單子音8

○

（이응）

※『○』當初聲子音
　時，不發音。所以，
　在內文中以『×』表
　示不發音。

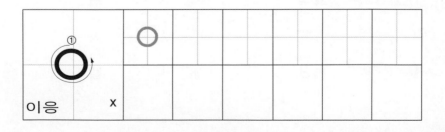

이응	x						

這一個子音，如果出現在『初聲』的位置，也就是一個字的開頭音（母音之前）時，這一個子音並不發音，直接發母音的音即可，此時，『ㅇ』是一個為求字型書寫完整的一個虛字。

　　『ㅇ』要出現在收音的位置，才會發音，發音方法請看收音的部分。

第 2 篇

 發音練習　　請先聽老師的示範，再跟著唸

1. 아야어여

2. 오요우유

3. 으이애에

4. 아어오우

5. 야여요유

6. 와외워위

야자 椰子

$$○ + ㅑ = 야$$
×   ya   ya

$$ㅈ + ㅏ = 자$$
j   a   ja

야채 蔬菜

$$○ + ㅑ = 야$$
×   ya   ya

$$ㅊ + ㅐ = 채$$
ch   ae   chae

 讀一讀   先自己試著讀看看，老師會告訴你正確的答案！

1	아들 兒子		4.	아가 小孩
2.	애인 愛人		5.	아파트 公寓(apartment)
3.	여우 狐狸		6.	월 月

單子音9

ㅈ （지읒）

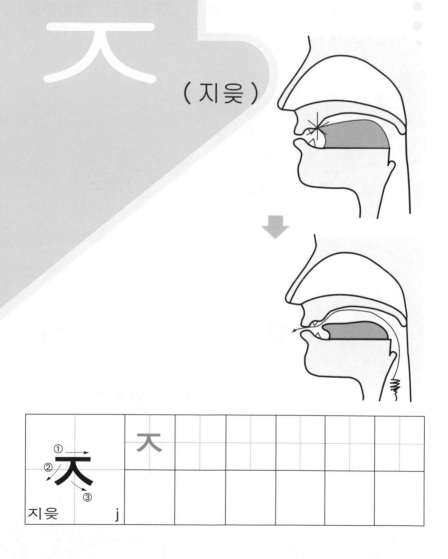

		ㅈ					
①②③ ㅈ 지읒 j							

發音要訣

　　舌尖輕輕碰觸上齒和上齒齦交接的部位，舌前的地方，貼住上齒齦和硬顎的部位，擋住氣流。舌尖稍微離開上齒齦時，讓氣流從縫隙中衝出口，摩擦成聲，發出類似『ㄗ／j』的音。

ㅈ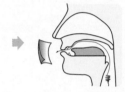

 發音練習　請先聽老師的示範，再跟著唸

1. 자쟈저져
2. 조죠주쥬
3. 즈지재제

4. 자저조주
5. 쟈져죠쥬
6. 좌죄줘쥐

拼音練習

제비 燕子

ㅈ + ㅔ = 제
j   e   je

ㅂ + ㅣ = 비
b   i   bi

지구 地球

ㅈ + ㅣ = 지
j   i   ji

ㄱ + ㅜ = 구
g   u   gu

 讀一讀   先自己試著讀看看，
老師會告訴你正確的答案！

1. 부자   富翁

2. 지도   地圖

3. 자리   座位

4. 주전자   水壺

5. 주인   主人

6. 지갑   錢包

單子音10

ㅊ

（치읓）

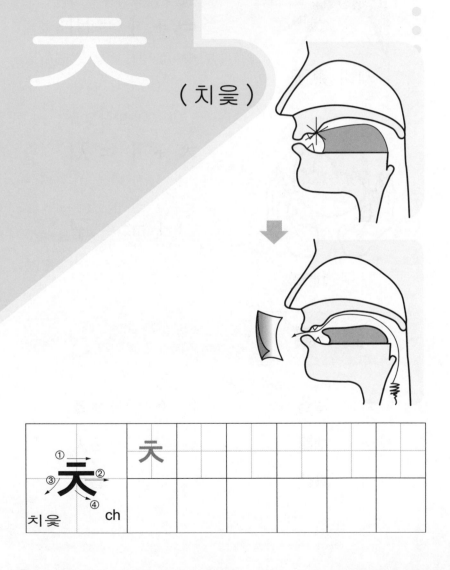

① → ② → ③ → ④ ch 치읓	ㅊ						

發音要訣

　　這個音的發音方式，和發『ㅈ』音時相同，『ㅈ』是平音『ㅊ』音是氣音，兩者最大的差別，在於發『ㅊ』音時，要比發『ㅈ』音送出較重的氣，要明顯的感覺到從口中送出氣，發出類似『ㄘ／ch』的音。

　　所謂的『氣音』，就是發音的同時，要從喉嚨處送出氣。檢查自己有沒有發出正確的音，可以拿一張紙放在嘴巴前檢查，如果發出了『氣音』，紙張應該要明顯的被氣吹 。

第
2
篇

ㅊ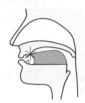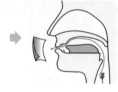

發音練習　　請先聽老師的示範，再跟著唸

1. 차처쳐　　　　4. 취츠츄추

2. 추츄츠치　　　5. 차처추츠

3. 채체최취　　　6. 쳐츄취치

全票	15 元
半票	12 元
敬老票	10 元

차표 **車票**

ㅊ + ㅏ = 차
ch　a　cha

ㅍ + ㅛ = 표
p　yo　pyo

배추 **白菜**

ㅂ + ㅐ = 배
b　ae　bae

ㅊ + ㅜ = 추
ch　u　chu

 讀一讀　先自己試著讀看看，
老師會告訴你正確的答案！

1. 차비　車費
2. 치마　裙子
3. 채소　蔬菜
4. 처음　第一次
5. 양초　蠟燭
6. 치다　打；彈奏樂器

挑戰一下

（一）寫寫看

聽老師唸子音的名稱，
寫出正確的子音

1. ＿＿＿＿＿＿＿

2. ＿＿＿＿＿＿＿

3. ＿＿＿＿＿＿＿

4. ＿＿＿＿＿＿＿

5. ＿＿＿＿＿＿＿

 ## （二）連連看

1. 聽老師唸的單字後，連出正確的選項。

2. 如果你一直很認真的學習，都很熟悉課文的內容，也可以
   聽老師的題目，把答案寫在空白處，試試看吧。

1. ＿＿＿＿＿＿＿　•　　　　　　• 새우

2 ＿＿＿＿＿＿＿　•　　　　　　• 아파트

3. ＿＿＿＿＿＿＿　•　　　　　　• 바지

4. ＿＿＿＿＿＿＿　•　　　　　　• 양

5. ＿＿＿＿＿＿＿　•　　　　　　• 주전자

（三）填填看 聽到老師唸的韓文單字後，請將正確的字填寫在空格處。

1. ＿＿＿＿＿＿＿＿음

2. 야＿＿＿＿＿＿＿＿

3. ＿＿＿＿＿＿＿＿들

4. ＿＿＿＿＿＿＿＿갑

5. 차＿＿＿＿＿＿＿＿

6. ＿＿＿＿＿＿＿＿자

7. ＿＿＿＿＿＿＿＿누

 解答：

（一）1. ㅇ　2. ㅂ　3. ㅈ　4. ㅊ　5. ㅅ

（二）1. 바지　2. 아파트　3. 주전자　4. 양　5. 새우

（三）1. 처　2. 자　3. 아　4. 지　5. 비　6. 사　7. 비

單子音11

ㅋ

（ 키읔 ）

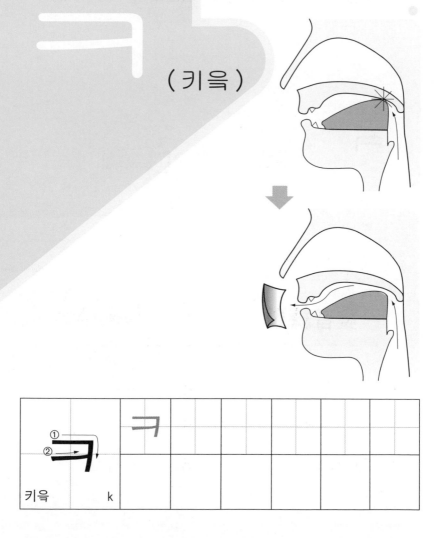

		ㅋ						
① ② ㅋ								
키읔　　k								

這個音是『氣音』，發音方式與『ㄱ』相同，差別在於『ㅋ』要送氣，『ㄱ』不要送氣，發出類似『ㄎ／k』的音。

ㅋ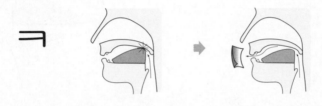

 發音練習　　請先聽老師的示範，再跟著唸

1. 카커켜코　　　4. 쿼퀴크키

2. 쿠큐크키　　　5. 카커코쿠

3. 캐콰쾌쾨　　　6. 커켜쿼코

拼音練習

ㅋ + ㅏ = 카
k   a   ka

ㅁ + ㅔ = 메
m   e   me

카메라　照相機(camera)

ㄹ + ㅏ = 라
r   a   ra

ㅋ + ㅜ = 쿠
k   u   ku

ㅋ + ㅣ = 키
k   i   ki

쿠키　餅乾(cookie)

讀一讀

先自己試著讀看看，
老師會告訴你正確的答案！

1. 카드　　卡片(card)
2. 키　　　身高
3. 코끼리　大象

4. 스키　滑雪(ski)
5. 크다　大；高
6. 코　　鼻子

第2篇

單子音12

ㅌ （티읕）

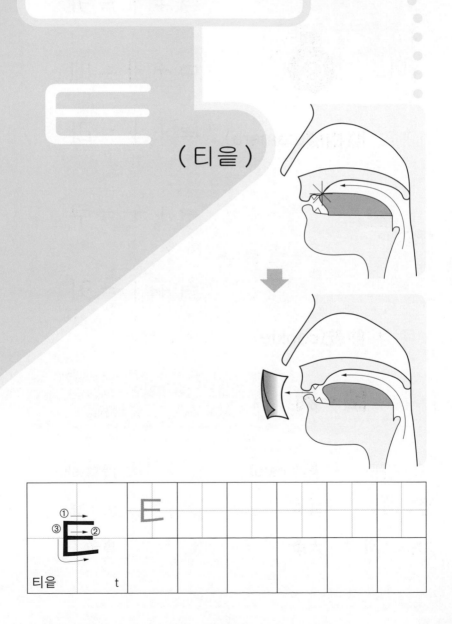

		E						
티읕	t							

發音要訣

　　這個音是『氣音』，發音方式與『ㄷ』相同，差別在於『ㅌ』要送氣，『ㄷ』不要送氣，發出類似『ㄊ／t』的音。

ㅌ

 發音練習　請先聽老師的示範，再跟著唸

1. 타터텨토
2. 투튜트티
3. 태테퇴퉈튀
4. 타터토트
5. 티텨테태
6. 투튜튀티

$$ㅌ + ㅣ = 티$$
t   i   ti

티 茶(tea)

$$ㅌ + ㅗ = 토$$
t   o   to

$$ㅅ + ㅡ = 스$$
s   eu   seu

$$ㅌ + ㅡ = 트$$
t   eu   teu

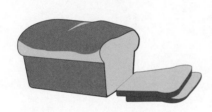

토스트 土司(toast)

讀一讀   先自己試著讀看看，
老師會告訴你正確的答案！

1. 타조 鴕鳥

2. 버터 奶油(butter)

3. 타다 搭乘

4. 토끼 兔子

5. 토요일 土曜日（星期六）

6. 토지 土地

單子音13

ㅍ

（피읖）

	① →	피						
② 파 ③								
④ →								
피읖	p							

這個音是『氣音』，發音方式與『ㅂ』相同，差別在於『ㅍ』要送氣，『ㅂ』不要送氣，發出類似『ㄆ／p』的音。

ㅍ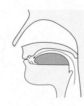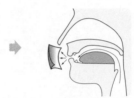

 發音練習　　請先聽老師的示範，再跟著唸

1. 파퍄퍼펴　　　　4. 파퍼포푸

2. 포표푸퓨　　　　5. 퍄펴표퓨

3. 프피패페　　　　6. 퍼포푸프

拼音練習

$$ㅍ + ㅏ = 파$$

p　　　a　　　pa

파 蔥

$$ㅍ + ㅣ = 피$$

p　　　i　　　pi

피 血

讀一讀

先自己試著讀看看，
老師會告訴你正確的答案！

1. 표　　票
2. 포도　　葡萄
3. 파리　　蒼蠅
4. 펴다　　打開
5. 피다　　開花
6. 편지　　信

單子音 14

ㅎ

(히읗)

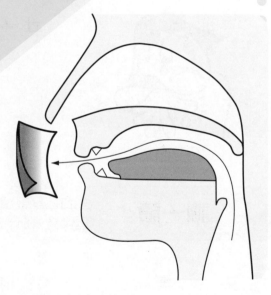

②→①→ ㅎ ③↘ ㅇ	ㅎ							
히읗　　h								

這個音是單純的送氣音，發此一音時，只要讓氣流從聲帶中，送氣吹出，摩擦成音，發出類似『ㄏ／h』的音。

　　要注意的是，發這個音和『ㄏ』音雖然類似，但還是不一樣的。發『ㄏ』音時，舌根會往上抬起接近軟顎，發出舌根音，但是『ㅎ』音，只是送氣的音，舌頭自然放下，沒有移動。

ㅎ
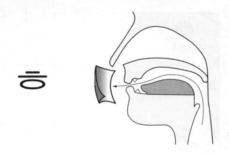

 發音練習　　請先聽老師的示範，再跟著唸

1. 하허혀호

2. 효후휴흐

3. 히해헤화

4. 홰회훠휘

5. 희화훠휘

6. 해홰휘희

第2篇

109

拼音練習

하마　河馬

ㅎ	+	ㅏ	=	하
h		a		ha

ㅁ	+	ㅏ	=	마
m		a		ma

허수아비　稻草人

ㅎ	+	ㅓ	=	허
h		eo		heo

ㅅ	+	ㅜ	=	수
s		u		su

ㅇ	+	ㅏ	=	아
×		a		a

ㅂ	+	ㅣ	=	비
b		i		bi

 讀一讀　先自己試著讀看看，老師會告訴你正確的答案！

1. 휴지　衛生紙

2. 후추　胡椒

3. 해　太陽

4. 허리　腰

5. 하나　一個

6. 흐리다　多雲

110

（一）寫寫看

聽老師唸子音的名稱，
寫出正確的子音

1. _____

2. _____

3. _____

4. _____

5. _____

（二）連連看

1. 聽老師唸的單字後，連出正確的選項。

2. 如果你一直很認真的學習，都很熟悉課文的內容，也可以
聽老師的題目，把答案寫在空白處，試試看吧。

1. _____ •   • 카드

2. _____ •   • 포도

3. _____ •   • 하마

4. _____ •   • 편지

5. _____ •   • 타다

（三）填填看 聽到老師唸的韓文單字後，請將正確的字填寫在空格處。

1. ＿＿＿＿＿＿＿＿끼리

2. ＿＿＿＿＿＿＿리다

3. 토스＿＿＿＿＿＿＿

4. ＿＿＿＿＿＿수아비

5. ＿＿＿＿＿＿＿다

6. ＿＿＿＿＿＿요일

7. ＿＿＿＿＿＿＿키

  解答：

（一）1. ㅌ 2. ㅎ 3. ㅍ 4. ㅋ 5. ㅎ

1. 카드 2. 포도 3. 하마 4. 편지 5. 타다

1. 코 2. 흐 3. 트 4. 허 5. 피 6. 토 7. 쿠

雙子音 1

ㄲ (쌍기역)	ㄸ (쌍디귿)	ㅃ (쌍비읍)
ㅆ (쌍시)	ㅉ (쌍지읒)	

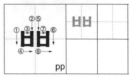

發音口訣

　　韓語的子音，依照發音方式的不同，分為：平音、氣音、重音等三種。這三種音的發音部位相同，只是發音方式有所差異。在韓語的平音中，有五個子音，分別有它相對應的氣音以及重音，請參看下面的表格。

　　『平音』可以說是子音的基本表現方式。『氣音』和它的差別，在於氣音在發音時，從喉嚨中有明顯的送出一口氣。書寫時，氣音比平音多一個筆畫。例如：平音『ㄱ』，氣音『ㅋ』。

　　『重音』和平音最大的差異，在於發音部位的鬆緊度。『重音』在發音的時候，聲帶的肌肉是用力且呈緊繃的狀態。當聲帶緊閉，氣流在喉嚨受阻時，要用力擠喉嚨，讓氣流衝破阻礙，所發出的聲音。

　　書寫時，重音要重複多寫一個平音。例如：平音『ㄱ』，重音『ㄲ』。所以，韓國人稱呼『重音』的子音，為『雙子音』。

　　雙子音共有五個：ㄲ、ㄸ、ㅃ、ㅆ、ㅉ，它們的羅馬拼音標示方法，是重複寫兩個氣音的代號。例如：ㄲ→『kk』。『ㅆ』和『ㅉ』是重複兩個平音的代號。

韓語子音的分類									
平音 （평음）	ㄱ g	ㄴ n	ㄷ d	ㄹ r/l	ㅁ m	ㅂ b	ㅅ s	ㅇ ng	ㅈ j
氣音 （격음）	ㅋ k		ㅌ t			ㅍ p			ㅊ ch	ㅎ h
重音 （경음）	ㄲ kk		ㄸ tt			ㅃ pp	ㅆ ss		ㅉ jj	

 發音練習 請先聽老師的示範，再跟著唸

1. 까 따 빠 싸 짜

2. 꺼 떠 뻐 써 쩌

3. 껴 꼬 꾸 끄 끼

4. 깨 께 꽤 꼬 꿔

5. 또 뚜 뜨 띠 때 똬

6. 쏘 쪼 씨 찌 쐐 쫴

115

拼音練習

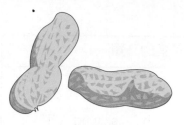

ㄸ + ㅏ + ㅇ = 땅
tt　　　a　　【ng】　ttang

ㅋ + ㅗ + ㅇ = 콩
k　　　o　　【ng】　kong

땅콩　花生

ㅌ + ㅗ = 토
t　　o　　to

ㄲ + ㅣ = 끼
kk　　i　　kki

토끼　兔子

 讀一讀　　先自己試著讀看看，
　　　　　　　　　老師會告訴你正確的答案！

1. 오빠　哥哥（女稱哥哥）　　4. 떠나다　離開

2. 쌀　　米　　　　　　　　　5. 짜다　　鹹

3. 끄다　關（關燈）　　　　　6. 쓰다　　苦

116

挑戰一下

（一）寫寫看 聽老師唸子音的名稱，寫出正確的子音

1. _____

2. _____

3. _____

4. _____

5. _____

 （二）連連看

1. 聽老師唸的單字後，連出正確的選項。

2. 如果你一直很認真的學習，都很熟悉課文的內容，也可以聽老師的題目，把答案寫在空白處，試試看吧。

1. _____ •   • 꼬다

2. _____ •   • 짜다

3. _____ •   • 땅콩

4. _____ •   • 토끼

5. _____ •   • 쓰다

（三）填填看 聽到老師唸的韓文單字後，
請將正確的字填寫在空格處。

1. 오＿＿＿＿＿＿＿＿＿

2. ＿＿＿＿＿＿＿＿나다

3. ＿＿＿＿＿＿＿＿＿＿

4. 진＿＿＿＿＿＿＿＿＿

5. ＿＿＿＿＿＿＿＿＿다

6. ＿＿＿＿＿＿＿＿＿＿

7. ＿＿＿＿＿＿＿＿다

 解答：

（一）1. ㄲ 2. ㅃ 3. ㄸ 4. ㅉ 5. ㅆ

（二）1. 짜다 2. 끄다 3. 땅콩 4. 토끼 5. 쓰다

（三）1. 빠 2. 떠 3. 쌀 4. 짜 5. 쓰 6. 딸 7. 싸

第3篇

收音

在韓文中，出現在尾音的子音，有「종성」（終聲）、「받침」（收音）等的稱呼，本書則統一稱為「收音」。

「홑받침」（單收音）是由一個子音形成的收音，在前面介紹的19個子音中，ㄱ ㄴ ㄷ ㄹ ㅁ ㅂ ㅅ ㅇ ㅈ ㅊ ㅋ ㅌㅍ ㅎ 等14個單子音都可以當收音。

而「겹받침」（雙收音）是指由兩個子音形成的收音，共有13組。在雙收音中，由兩個相同子音組合而成的收音有「ㄲ和ㅆ」，另外，由兩個不同的子音組合的收音，有11個。

目前韓文所使用的收音共有27個，但實際上卻只發7個代表音，可參考以下的整理表格，這樣哪個收音該發哪個音，就一目瞭然了。

收音發音表

代表音	收		音			
【ㄱ】	ㄱ	ㅋ	ㄲ	ㄳ	ㄺ	
【ㄴ】	ㄴ	ㄵ	ㄶ			
【ㄷ】	ㄷ	ㅅ	ㅈ	ㅊ	ㅌ	ㅎ	ㅆ
【ㄹ】	ㄹ	ㄺ	ㄼ	ㄽ	ㄾ	ㅀ
【ㅁ】	ㅁ	ㄻ				
【ㅂ】	ㅂ	ㅍ	ㄼ	ㅄ	ㄿ	
【ㅇ】	ㅇ					

收音 1

[ㄱ] (기역)

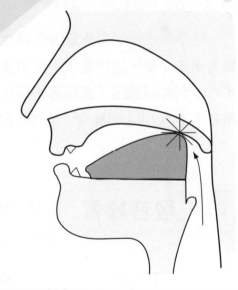

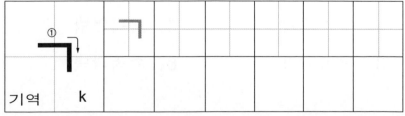

기역	k							

發音口訣

　　發這個音時，舌根處緊緊的頂住軟顎處，舌尖朝下，不讓氣流爆破的內塞音。發這個音時，感覺順暢的氣流，突然被急速的擋住，所形成的音。

 發音比一比

　　發子音『ㄱ』是先讓舌根頂住軟顎，再放鬆舌根，讓氣流衝破出聲，發完音後，舌根是離開軟顎的。而發收音【ㄱ】則剛好相反，是讓舌根頂住軟顎，阻擋氣流通過，所產生【ㄱ／k】的聲音，發音時要注意喔。

 發音練習　　請先聽老師的示範，再跟著唸

1. 악약억역
2. 옥욕욱육
3. 윽익각갹
4. 걱격곡국
5. 극긱엌밖
6. 속똑깎녘

拼音練習

식당 **餐廳**

ㅅ + ㅣ + ㄱ = 식
s   i   【k】   sik

ㄷ + ㅏ + ㅇ = 당
d   a   【ng】   dang

식당【식땅】（＊重音化）

박수 **鼓掌**

ㅂ + ㅏ + ㄱ = 박
b   a   【k】   bak

ㅅ + ㅜ = 수
s   u   【su】

박수【박쑤】（＊重音化）

讀一讀

先自己試著讀看看，
老師會告訴你正確的答案！

1. 국 　　湯

2. 약 　　藥

3. 밖【박】外面

4. 먹다【먹따】（＊重音化）吃

5. 부엌【부억】　　　　廚房

6. 깎다【깍따】（＊重音化）削；殺價

收音 2

(니은)

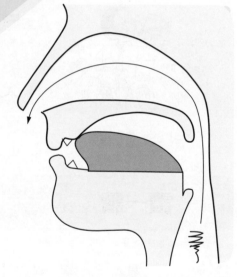

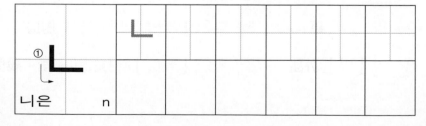

	ㄴ						
① ㄴ 니은　　n							

發音口訣

　　發這個音時，舌尖要抵住上齒齦的地方，讓氣流從鼻腔通過成聲。雖然收音【ㄴ／n】的發音方式，感覺和發子音的『ㄴ』相同，但是發出的音還是有些不同。

 發音比一比

　　發單收音【ㄴ】時，舌尖的位置保持不變，一直貼住上齒齦。而發子音『ㄴ』，是當氣流從鼻腔通過時，舌尖要離開上齒齦。

 發音練習　　請先聽老師的示範，再跟著唸

1. 간난단란
2. 만반산안
3. 잔찬칸탄

4. 판한군눈
5. 둔룬문분
6. 순운준춘

ㅁ + ㅕ + ㄴ = 면
m　yeo　【n】　myeon

ㄷ + ㅗ = 도
d　o　do

ㅋ + ㅏ + ㄹ = 칼
k　a　【l】　kal

면도칼 刮鬍刀

ㅅ + ㅏ + ㄴ = 산
s　a　【n】　san

산 山

讀一讀

先自己試著讀看看，
老師會告訴你正確的答案！

1. 친구　朋友

2. 온천　溫泉

3. 눈　　眼睛；雪

4. 도서관　圖書館

5. 만년　　鋼筆

6. 언니　　姊姊（女稱姊）

收音 3

【ㄷ】 (디귿)

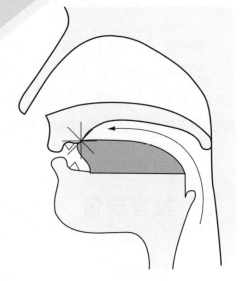

第
3
篇

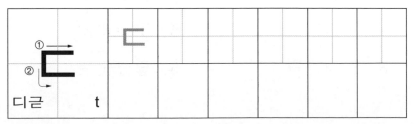

① ② ㄷ 디귿 t	ㄷ						

　　當氣流通過時，舌尖緊緊貼住上齒齦，不讓氣流通過，所形成的聲音。發這個音時，要注意不可以有氣流破裂或爆發所發出的聲音，而是氣流被舌尖急促的阻擋，所發出的聲音。

發音比一比

　　發收音【ㄷ／t】的發音方式，和子音『ㄷ』的發音有很大的不同。發收音【ㄷ】時，是舌尖要擋住氣流，舌尖貼住上齒齦。而發子音『ㄷ』時，是讓氣流衝破舌尖，所發出的爆破聲，舌尖要離開上齒齦。

發音練習　請先聽老師的示範，再跟著唸

1. 갇낟닫맏　　　4. 앗옅있옺

2. 잗걷벋섣　　　5. 갓낫밭밑

3. 곧눋듣믿　　　6. 랗엱줏봇

ㅇ + ㅗ + ㅅ = 옷
× 　 o 　 【t】 　 ot

옷 衣服

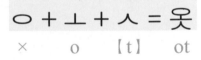

ㅂ + ㅣ + ㅅ = 빗
b 　 i 　 【t】 　 bit

빗 梳子

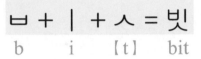

讀一讀　先自己試著讀看看，
老師會告訴你正確的答案！

1. 숟가락【숟까락】（*重音化）湯匙　　4. 밑【믿】下面

2. 듣다【듣따】（*重音化）聽　　5. 낮【낟】白天

3. 낯【낟】臉；面子　　6. 꽃 　 花

第3篇

收音 4

[ㄹ] (리을)

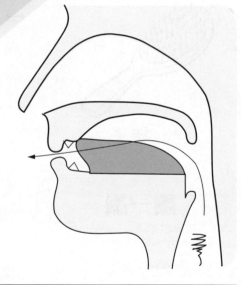

	ㄹ						
① ② ③ **ㄹ**							
리을 ㅣ							

發音口訣

　　發音時，舌尖抵住上齒齦，讓氣流從舌尖的兩邊通過，並摩擦出聲。

 ## 發音比一比

　　發收音【ㄹ／l】時，舌尖保持不　，讓氣流從舌尖的兩側通過。而發子音『ㄹ／r』時，舌尖要輕輕的彈一下，並讓氣流從舌尖通過。

 ## 發音練習　　請先聽老師的示範，再跟著唸

1. 갈날달랄
2. 말발살알
3. 잘찰칼탈
4. 팔할걀냘
5. 멀별솔욜
6. 줄츌클틸

ㄴ + ㅗ + ㄹ = 놀
n   o   l   nol

ㄷ + ㅏ = 다
d   a   da

놀다 玩

ㅋ + ㅏ + ㄹ = 칼
k   a   l   kal

칼 刀

讀一讀

先自己試著讀看看，
老師會告訴你正確的答案！

1. 발　　腳

2. 일본　日本

3. 말　　話；馬

4. 나팔꽃　牽牛花

5. 교실　　教室

6. 불고기　烤肉

收音 5

【ㅁ】 (미음)

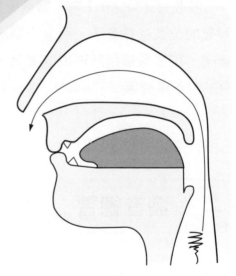

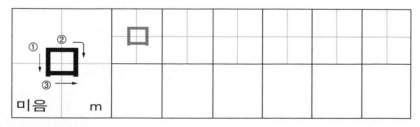

		ㅁ					
미음	m						

發音口訣

雙唇緊閉，讓氣流從鼻腔流出，所形成的聲音。

 發音比一比

發收音【ㅁ／m】時，雙唇緊閉，氣流是從鼻子出來，發聲的位置是在鼻子。而發子音『ㅁ』時，氣流是從嘴巴衝出，讓雙唇破裂所形成的聲音，所以雙唇是打開的，發聲的位置是雙唇。

 發音練習 請先聽老師的示範，再跟著唸

1. 감낭담람
2. 겸녕덤렴
3. 몸붐슘임

4. 용즘챔켐
5. 낌땀뺌숨
6. 쫌광왬음

拼音練習

ㄱ + ㅜ = 구
g　u　gu

ㄹ + ㅡ + ㅁ = 름
r　eu　【m】　reum

구름 雲

ㅋ + ㅓ + ㅁ = 컴
k　eo　【m】　keom

ㅍ + ㅠ = 퓨
p　yu　pyu

ㅌ + ㅓ = 터
t　eo　teo

컴퓨터 電腦(computer)

讀一讀

先自己試著讀看看，
老師會告訴你正確的答案！

1. 봄　　春天

2. 담배　香菸

3. 김치　泡菜

4. 점심　中午；午餐

5. 감기　感冒

6. 밤　　栗子；夜晚

收音 6

（비읍）

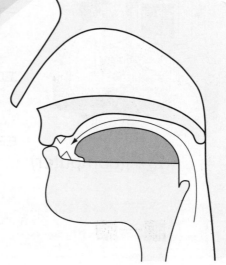

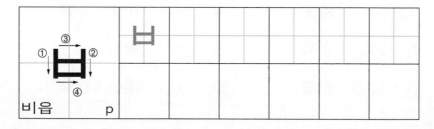

136

發音口訣

　　發音時，雙唇阻住氣流，快速緊閉，所形成的聲音，是氣流被雙唇阻塞所發出的聲音。

發音比一比

　　發收音【ㅂ／p】時，是讓雙唇緊閉，氣流被雙唇阻塞的聲音。而子音【ㅂ／b】則是氣流爆發雙唇，所發出的破裂音。

發音練習　　請先聽老師的示範，再跟著唸

1. 갑납답랍
2. 맙밥삽압
3. 잡찹캅탑
4. 팝합겂높
5. 싶옆잎늪
6. 숲닢짚옆

$$ㄷ + ㅓ + ㅂ = 덥$$
d   eo   【p】   deop

$$ㄷ + ㅏ = 다$$
d   a   da

덥다 熱

덥다【덥따】（*重音化）

$$ㅇ + ㅠ = 유$$
×   yu   yu

$$ㄹ + ㅣ = 리$$
r   i   ri

$$ㅋ + ㅓ + ㅂ = 컵$$
k   eo   【p】   keop

유리컵　玻璃杯(-cup)

 讀一讀 　先自己試著讀看看，
老師會告訴你正確的答案！

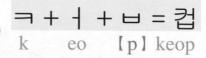

1. 일곱　　七
2. 밥　　　飯
3. 입　　　嘴
4. 립스틱　　　　口紅（lipstick）
5. 앞【압】　　　前面
6. 문법（*重音化）語法；文法

收音 7

（이응）

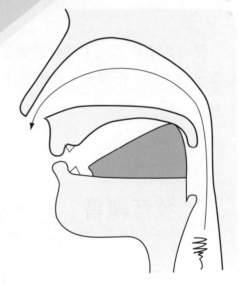

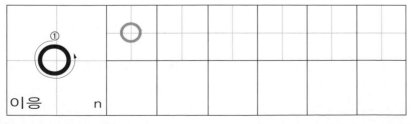

이응	n							

發音口訣

　　發音時，舌根頂住軟顎，堵住氣流，讓氣流從鼻腔通過，聲帶振 成鼻音。

發音比一比

　　發收音【○／ng】和發初聲子音，最大的差別，就是初聲子音『○』不發音，而收音【○】則是發鼻音【ng】的音。

發音練習

請先聽老師的示範，再跟著唸

1. 강낭당랑　　　　4. 팡항경넝

2. 망방상앙　　　　5. 동렁몽영

3. 장창캉탕　　　　6. 쿵통싱정

拼音練習

수영　游泳

ㅅ + ㅜ = 수
s 　 u 　 su

ㅇ + ㅕ + ㅇ = 영
× 　 yeo 【ng】 yeong

등산　登山

ㄷ + ㅡ + ㅇ = 등
d 　 eu 【ng】 deung

ㅅ + ㅏ + ㄴ = 산
s 　 a 【n】 san

第3篇

 讀一讀　先自己試著讀看看，老師會告訴你正確的答案！

1. 가방	皮包	4. 장갑	手套
2. 선생님	老師	5. 냉면	涼麵
3. 성공	成功	6. 병원	醫院

（一）寫寫看

聽老師唸子音的名稱，
寫出正確的子音

1. _____

2. _____

3. _____

4. _____

5. _____

 ## （二）連連看

1. 聽老師唸的單字後，連出正確的選項。

2. 如果你一直很認真的學習，都很熟悉課文的內容，也可以
   聽老師的題目，把答案寫在空白處，試試看吧。

1. _____ •   • 깎다

2. _____ •   • 온천

3. _____ •   • 식당

4. _____ •   • 듣다

5. _____ •   • 놀다

1. 부＿＿＿＿＿＿＿＿

2. 선＿＿＿＿＿＿님

3. ＿＿＿＿＿＿가락

4. 만년＿＿＿＿＿＿

5. 나팔＿＿＿＿＿

6. ＿＿＿＿＿＿＿＿

7. ＿＿＿＿＿＿＿＿

第3篇

解答：

（一）1.【ㄱ】 2.【ㅅ】 3.【ㄹ】 4.【ㄴ】 5.【ㅇ】

（二）1. 식당 2. 온천 3. 깎다 4. 놀다 5. 듣다

（三）1. 억 2. 생 3. 숟 4. 　 5. 꽃 6. 점심 7. 일곱

雙收音 1

[ㄱ]
(기역)

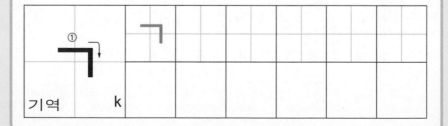

① ㄱ↓	ㄱ						
기역 k							

發音口訣

　　當我們看到兩個不同的子音做收音時,可能不知道到底該發哪一個子音做為收音。所以,在這裡我們要介紹的,就是雙收音的正確發音,來加深學習印象。

　　雙收音的【ㄱ／k】,和單收音【ㄱ／k】的發音方法是相同的。在雙收音中,發【ㄱ】音的有:『ㄳ』、『ㄺ』。

發音練習

請先聽老師的示範,在跟著唸

1. 밨샀넜섰

2. 몫갉낚닭

3. 맑밝삵앍

4. 탉엀굵욹

5. 묽붉쥵긁

6. 늒슼흙읽

※注意:當『ㄺ』後面,接著以母音開頭的字時,要發
　　　　『ㄹ』的音。發「ㄹ」音時,子音「ㄱ」連音到後
　　　　面同時弱化,例如:묽은【물근】。而後面接子音
　　　　時,發【ㄱ】的音,例如:묽다【묵따】。

ㄷ + ㅏ + 【ㄹㄱ】 = 닭

d　　a　　【k】　dak

닭　【닥】　雞

ㅎ + ㅡ + 【ㄹㄱ】 = 흙

h　　eu　　【k】　heuk

흙 【흑】　泥土

讀一讀　　先自己試著讀看看，
　　　　　老師會告訴你正確的答案！

1. 몫　　【목】　（*重音化）　份

2. 맑다　【막따】　清新；晴朗

3. 넋　　【넉】　靈魂

4. 늙다　【늑따】　（*重音化）　老

5. 붉다　【북따】　（*重音化）　紅；赤誠

6. 묽다　【묵따】　（*重音化）　淡；稀

ㅂ

(비읍)

	ㅂ					

①③② ㅂ ④

비읍　　p

發音口訣

　　雙收音的【ㅂ／p】，和單收音【ㅂ／p】的發音方法相同。在雙收音中，發【ㅂ】音的還有：『ㅄ』、『ㄹㅍ』。

 發音練習　　請先聽老師的示範，再跟著唸

1. 값값값값
2. 없없없없
3. 없없없없

4. 읊읊읊읊
5. 값없없읊
6. 값없읊없

 拼音練習

값 **價錢**

ㄱ + ㅏ + ㅄ = 값
g　　a　　【p】　gap

$$○ + ー + ㄹㅍ = 읊$$
×   eu   【p】   eup

$$ㄷ + ㅏ = 다$$
d   a   da

읊다 **朗誦**

읊다【읍따】（*重音化）

 讀一讀   先自己試著讀看看，
老師會告訴你正確的答案！

1. 반값【반깝】（*重音化）　　　　　半價

2. 없다【업따】（*重音化）　　　　　沒有

3. 없애다【업쌔다】（*重音化）　　　取消；消滅

4. 없이【업시】→【업씨】（*重音化）貧窮地

註：ㅄ的ㅅ連音，同時產生重音化。

雙收音 3

[ㄴ]

(니은)

	ㄴ						
①ㄴ 니은　　n							

發音口訣

　　雙收音的【ㄴ／n】，和單收音【ㄴ／n】的發音方法相同。在雙收音中，發【ㄴ／n】音的有：『ㄴㅈ』、『ㄴㅎ』。

發音練習　　請先聽老師的示範，再跟著唸

第3篇

1. 앉앉앉앉

2. 엱엱엱엱

3. 않않않않

4. 많많많많

5. 앉엱엱많

6. 엱많앉엱

※注意：當『ㄴㅎ』音的後面，是以『ㄱ』、『ㄷ』、『ㅈ』等開
　　　　頭的字時，『ㄴㅎ』發收音代表音【ㄴ】的音，而後面
　　　　的『ㄱ』、『ㄷ』、『ㅈ』音，受到『ㅎ』的影響，成為
　　　　【ㅋ】、【ㅌ】、【ㅊ】的氣音。

○ + ㅏ + ㄵ = 앉
×   a   【n】   an

ㄷ + ㅏ = 다
d   a   da

앉다 坐   앉다【안따】（*重音化）

ㅁ + ㅏ + ㄶ = 많
m   a   【n】   man

ㄷ + ㅏ = 다
d   a   da

많다 很多   다【안타】（*氣音化）

 讀一讀   先自己試著讀看看，
老師會告訴你正確的答案！

1. 엊다 【언따】（*重音化）放

2. 않다 【안타】（*重音化）不；沒有

3. 많이 【마니】   多（副詞）

註：ㄶ的ㅎ音，連音同時弱化，所謂的弱化，就是指（ㅎ會脫落）因
此，【많이】→【만히】→【만이】→【마니】。

雙收音 4

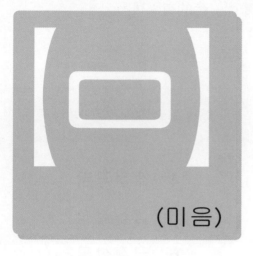

(미음)

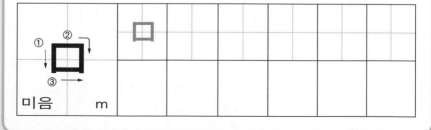

미음 　m

發音口訣

　　雙收音的【ㅁ／m】，和單收音【ㅁ／m】的發音方法相同。在雙收音中，發『ㅁ』音的有：『ㄹㅁ』。

 發音練習　　請先聽老師的示範，再跟著唸

1. 굶굶굶굶
2. 젊젊젊젊
3. 삶삶삶삶

4. 젊젊굶굶
5. 삶삶젊젊
6. 굶젊삶굶

 拼音練習

삶다 煮

ㅅ + ㅏ + ㄹㅁ = 삶
s　　a　【m】　sam

ㄷ + ㅏ = 다
d　　a　　da

삶다【삼따】（＊重音化）

ㅈ + ㅓ + ㄹㅁ = 젎

j　eo　【m】 jeom

ㄷ + ㅏ + = 다

d　a　　　da

젎다　**年輕**

젎다【점따】（*重音化）

 讀一讀　先自己試著讀看看，
老師會告訴你正確的答案！

1. 굶다【굼따】（*重音化）　　餓

2. 젎다【점따】（*重音化）　　年輕

雙收音 5

ㄹ

(리을)

리을   ㅣ

發音口訣

雙收音的【ㄹ/l】，和單收音【ㄹ/l】的發音方法相同。

在雙收音中，發【ㄹ/l】音的有：『ㄹㅂ』、『ㄹㅅ』、『ㄹㅌ』、『ㄹㅍ』、『ㄹㅎ』。

註：ㄹㅁ+子音，該發ㄹ或ㅁ為代表音，有固定的單字。例如：넓다【널따】寬廣，여덟【여덜】八，밟다【밥따】踏。

發音練習　請先聽老師的示範，再跟著唸

1. 곬곬읈읈　　　3. 핥핥곬곬

2. 핥핥훑훑　　　4. 곬곬읈읈

※注意：當『ㄹㅎ』音的後面，是以『ㄱ』、『ㄷ』、『ㅈ』等開頭的字時，『ㄹㅎ』發【ㄹ】的音，而後面的『ㄱ』、『ㄷ』、『ㅈ』音，受到『ㅎ』的影響，改發【ㅋ】、【ㅌ】、【ㅊ】的氣音。

8

○ + ㅕ = 여
× yeo yeo

ㄷ + ㅓ + ㄼ = 덟
d eo 【ㅣ】 deol

여덟【여덜】八

ㅎ + ㅏ + ㄾ = 핥
h a 【ㅣ】 hal

ㄷ + ㅏ = 다
d a da

핥다【할따】舐

讀一讀　先自己試著讀看看，老師會告訴你正確的答案！

1. 넓다 【널따】 (*重音化) 寬
2. 곬 【골】 縫隙
3. 짧다 【짤따】 (*重音化) 短
4. 훑다 【훌따】 (*重音化) 搜；採
5. 잃다 【일타】 (*氣音化) 失去

挑戰一下

（一）寫寫看

聽老師唸子音的名稱，
寫出正確的子音音

1. _____

2. _____

3. _____

4. _____

5. _____

 ### （二）連連看

1.聽老師念的單字後，連出正確的選項。

2.如果你一直很認真的學習，都很熟悉課文的內容，也可以
　聽老師的題目，把答案寫在空白處，試試看吧。

1. _____ •　　　• 늙다

2. _____ •　　　• 없다

3. _____ •　　　• 앉다

4. _____ •　　　• 읊다

5. _____ •　　　• 삶다

1. _____다

2. 여_____

3. _____다

4. _____

5. _____다

6. _____다

7. _____다

解答：

（一）1.【ㄱ】 2.【ㄴ】 3.【ㅁ】 4.【ㄹ】 5.【ㅂ】

（二）1. 읊다 2. 앉다 3. 늙다 4. 삶다 5. 없다

（三）1. 넓 2. 덟 3. 앓 4. 닭 5. 엱 6. 늙 7. 없

第4篇

特殊發音規則

音變現象

當你學會本書的韓語發音，以及瞭解韓語基本的拼音方法後，看到新的單字，一定會想要自己試著閱讀或聽說。這個時候你可能會覺得奇怪，怎麼有些單字的唸法，和字面上的拼法不一樣。先不要懷疑自己，也不要覺得氣餒，只是瞭解了本篇的內容，你就知道是怎麼回事了。

每種語言的文字或發音，為了達到它的完整性，除了本身基本的結構外，難免會有一些特別的例外規則，就像我們中文來說，不也是有破音字嗎？

韓文字是表音文字，在發音的時候，有些音節會因為特殊的發音規則，或是受其它音節的影響，而產生音變現象。

從錯中學習

這些音變現象有點複雜，對剛接觸韓語的初學者來說，可能有些困難，如果光靠死背，會回到我們學習英語的惡夢，因為排斥文法的枯燥，所以也連帶失去學習外語的興趣。

因此，不妨從錯中學習，當你念錯一個音時，翻一翻這個篇章，你就會恍然大悟，原來是某種音變現象，讓你唸錯的單字，有了新的唸法。這個時候，相信你對這個規則也會有深刻的印象。

此外，當你對音變規則還不是很熟悉時，可以靠『多聽』，來達到輔助學習的功效。把耳朵訓練的敏銳一點，多聽聽韓國人的會話，從他們的會話中學習。當你自然而然的學會單字的正確唸法後，你再回過頭來看發音規則，會覺得比較好吸收，瞭解到自己平常已經習以為常的單字，原來是因為某種規則而產生了特殊的音。

這樣一來，你就不用擔心自己學不好，對又要記規則，又要背單字而深感壓力了。其實學習語言，重要的就是把它學好，不用拘泥於形式，只要學起來有效果，就是對你最好的方法。現在我們就來瞭解一下，這些特殊的拼音規則吧。

1. 連音現象

　　在韓文的單字中，如果前面的字有子音為收音，而後面的字是以『ㅇ』為開頭的母音字時，因為在母音前面的『ㅇ』不發音，所以，前面的收音會移到後面初聲子音『ㅇ』的位置，和後面的母音連在一起發音，所以稱為『連音』。

　　通常當終聲子音要移到後面的時候，要保持它的原音，再連音。

 例字： （在【 】內的字，是韓語的音標方式。）

1. 밤에【바메】

   在晚上

2. 금연【그면】

   禁煙

3. 한국어【한구거】

   韓國語

4. 만일【마닐】

   萬一

5. 갈아타다【가라타다】

   轉乘

6. 할아버지【하라버지】

   爺爺

練習： 下面有一些連音的單字，自己試著唸唸看，並在音標的地方，填入韓文的音標。

1. 연음【 　　　】
   連音

2. 직업【 　　　】
   職業

3. 꽃이【 　　　】
   花是…

4. 볶음밥【 　　】
   炒飯

5. 옷에【 　　　】
   在衣服上

6. 얼음【 　　　】
   冰塊

 解答：

1.【여늠】

2.【지겁】

3.【꼬치】

4.【보끔밥】

5.【오세】

6.【어름】

第4篇

註：並不是所有遇到以母音開頭的字都要連音，連音的產生，
　　以：1.名詞的助詞，2.詞語尾，3.形容詞語尾等為主。

2. 口蓋音化

　　所謂的『口蓋音化』，是指當收音【ㄷ、ㅌ】後面接著母音『이』音時，會變音為『지、치』音。因為『ㅈ、ㅊ』音是發在硬顎處的音，所以『口蓋音化』也稱做『顎音化』。

口蓋音化一覽表：

ㄷ + 이 → 지
ㅌ + 이 → 치

 例字： （在【】內的字，是韓語的音標方式。）

1. 굳이【구지】

　　堅持地

2. 해돋이【해도지】

　　日出

3. 같이【가치】

　　一起

練習： 下面有一些連音的單字，自己試著唸唸看，並在音標的地方，填入韓文的音標。

1. 곧이듣다【   】

   （*重音化）聽信

2. 끝이【   】

   結束；末尾

3. 붙이다【   】

   黏貼

4. 솥이【   】

   鍋子

 解答：

1. 【고지듣따】

2. 【끄치】

3. 【부치다】

4. 【소치】

3. 重音化

所謂的『重音化』，是指後面的子音，受到前面收音的影響，由平音變為重音的現象。例如：收音【ㄱ】【ㄷ】【ㅂ】音後面，如果是ㄱ ㄷ ㅂ ㅅ ㅈ為開頭的字時，則後面的子音變成它的重音ㄲ ㄸ ㅃ ㅆ ㅉ。

這裡所指的『收音』是指代表音，所以，這個規則，同樣適用於其他和代表音，發同樣音的收音。例如：收音ㄲ ㅋ ㄳ，同樣也是發【ㄱ】的音，所以它的後面，如果是接著『ㄱ ㄷ ㅂ ㅅ ㅈ』等子音，後面的子音也要變成重音『ㄲ ㄸ ㅃ ㅆ ㅉ』。

重音化一覽表

【ㄱ】（ㄱ ㅋ ㄲ ㄳ）		ㄱ		ㄲ
		ㄷ		ㄸ
【ㄷ】（ㄷ ㅅ ㅈ ㅊ ㅌ ㅆ）	+	ㅂ	→	ㅃ
		ㅅ		ㅆ
【ㅂ】（ㅂ ㅍ ㄼ ㅄ ㄿ）		ㅈ		ㅉ

如果動詞、形容詞詞幹的收音，是以下等的子音時，後面的子音也會有重音化的現象。

ㄴ ㄵ		+	ㄱ	→	ㄲ
ㅁ ㄹㅁ			ㄷ		ㄸ
ㄹ ㄹㅂ ㄹㅌ			ㅅ		ㅆ
			ㅈ		ㅉ

第4篇

例字： （在【 】內的字，是韓語的音標方式。）

1. 학교 【학꾜】 （*重音化） 學校

2. 납세 【납쎄】 （*重音化） 納稅

3. 식당 【식땅】 （*重音化） 餐廳

4. 옆집 【엽찝】 （*重音化） 鄰家

5. 냇가 （*重音化） 溪邊

練習： 下面有一些連音的單字，自己試著唸唸看，並在音標的地方，填入韓文的音標。

1. 덥다 【　　　】（*重音化） 熱

2. 좁다 【　　　】（*重音化） 窄

3. 입국 【　　　】（*重音化） 入國；入境

4. 먹다 【　　　】（*重音化） 吃

5. 특사 【　　　】（*重音化） 特使

6. 밥솥 【　　　】（*重音化） 飯鍋

解答：

1.【덥따】　　4.【먹따】

2.【좁따】　　5.【특싸】

3.【입꾹】　　6.【밥쏟】

4. 氣音化

發音規則

　　所謂的氣音化,是指收音【ㄱ】【ㄷ】【ㅂ】【ㅈ】後面,如果有子音『ㅎ』,或者,收音『ㅎ』後面,有子音『ㄱ ㄷ ㅂ ㅈ』時,『ㄱ ㄷ ㅂ ㅈ』受到氣音『ㅎ』的影響,會產生『氣音化』,變成氣音『ㅋ ㅌ ㅍ ㅊ』。

 例字: （在【 】內的字,是韓語的音標方式。）

1. 축하【주카】
   慶祝;祝賀

2. 집합【지팝】
   集合

3. 이렇게【이러케】
   這樣地;這般地

4. 많다【만타】
   多

5. 좋다【조타】
   好

6. 국한【구칸】
   侷限

練習： 下面有一些連音的單字，自己試著唸唸看，並在音標的地方，填入韓文的音標。

1. 생각한다【　　　　】
想

4. 많다【　　　　】
多

2. 박해【　　　　】
迫害

5. 깨끗하다【　　　　】
乾淨

3. 따뜻한【　　　　】
溫暖的

6. 맞히다【　　　　】
使打中

 解答：

1.【 생가칸다 】　　4.【 만타 】

2.【 바캐 】　　　　5.【 깨끄타다 】

3.【 따뜨탄 】　　　6.【 마치다 】

5. 同化

發音規則

　　所謂的『同化』，是指收音【Ａ】，和後面的子音【Ｂ】，當它們遇在一起時，受到對方的影響，而產生被同化的現象。

　　『同化』的現象，可能是Ａ變成Ｂ，或者Ｂ變成Ａ，形成完全同化的結果。也可能是Ａ或Ｂ變成和對方類似的音節。而最常見的就是，就是『ㄴ+ㄹ→ㄹ+ㄹ』（ㄴ被同化）；『ㄹ+ㄴ→ㄹ+ㄹ』（ㄹ被同化）。

同化一覽表：（有色塊的字，表示受影響被同化的音）

A	+	B	→	A	+	B
ㄹ		ㄴ		ㄹ		ㄹ
ㄴ		ㄹ		ㄹ		ㄹ
ㅁ；ㅇ		ㄹ		ㅁ；ㅇ		ㄴ
ㄱ		ㄴ；ㅁ		ㅇ		ㄴ；ㅁ
ㄷ	＋	ㄴ；ㅁ	→	ㄴ	＋	ㄴ；ㅁ
ㅂ		ㄴ；ㅁ		ㅁ		ㄴ；ㅁ
ㄱ		ㄹ		ㅇ		ㄴ
ㄷ		ㄹ		ㄴ		ㄴ
ㅂ		ㄹ		ㅁ		ㄴ

例字： （在【 】內的字，是韓語的音標方式。）

1. 연락 【열락】 聯絡 　　4. 심만 【심만】 十萬

2. 인류 【일류】 人類 　　5. 먹는 【멍는】 吃

3. 침략 【침냑】 侵略 　　6. 백로 【뱅노】 白露

 練習： 下面有一些連音的單字，自己試著唸唸看，並在音標的地方，填入韓文的音標。

1. 일년【　　　　】 一年 　　4. 섭리【　　　　】 規律

2. 학문【　　　　】 學問 　　5. 앞문【　　　　】 前門

3. 합니다【　　　　】 做 　　6. 국립【　　　　】 國立

解答：

1.【일련】 　　4.【섬니】
2.【항문】 　　5.【암문】
3.【함니다】 　　6.【궁닙】

6.子音脫落

　　『子音脫落』是指部分的收音，與某些子音或母音相連時，收音會脫落不發音，產生子音脫落的情形。如：

　　收音ㅎ（ㄴㅎ　ㄹㅎ）後面，如果接著以『ㅇ』為首的母音字時，『ㅎ』收音連音同時弱化，而脫落不發音。

 例字： （在【 】內的字，是韓語的音標方式。）

1. 좋아【조아】
   喜歡；好

2. 많이【마니】
   多

3. 싫어요【시러요】
   不要；不喜歡

4. 넣어【 어】
   放進；放入

練習 : 下面有一些連音的單字，自己試著唸唸看，並在音標的地方，填入韓文的音標。

1. 많아요 【　　　　】 　很多

2. 넣어서 【　　　　】 　放進去了

3. 놓으니 【　　　　】 　放

 解答 :

1. 【마나요】

2. 【 어서】

3. 【노으니】

7. 母音的省略

發音規則

在韓語的應用上，為避免相同母音的重複出現，會將一樣的母音省略，讓語言的使用上，更加精簡。而這種將母音省略的音變現象，我們稱之為『母音的省略』。省略的規則如下：

1. 當詞幹的最後一個音為母音，後面接著相同母音時，會省略詞幹後面的母音。例如：

   가아【가】去；가았다【갔다】。

2. 詞幹的最後一個音節，如果是『으』，後面著『어』音時，會將『으』省略掉，前面的和後面的『어』結合。例如：
   『크어』【커】大；『고프어서』【고파서】餓。

3. 詞幹的最後一個音節，是『에　애』時，後面的『어』音就省略。例如：

   깨었다【깼다】。

4. 此外，如果詞幹的最後一個音節，是母音『우　오　이』，而後面的母音接著的母音是『어　아』時，兩個母音結合成為雙母音。例如：『오아』【와】來。

8. 其他重音現象

 發音規則

　　在複合單詞中，兩個單字連結成為一個單字時，如果前面有收音，這兩個字的中間，其實隱藏著「的」的意思（사이시옷的「ㅅ」），而「ㅅ」的代表音是【ㄷ】，所以產生了重音現象。

　　另外，如果在漢字音的複合單字中，它的末音是以『ㄹ』作為收音時，且後面接著『ㄷ　ㅂ　ㅅ　ㅈ』等子音時，後面的子音會產生重音現象（如果想要瞭解或學習，韓語中源自漢字的韓語單改成本公司出版的『韓國人天天說生活單字』。）

 例字： （在【　】內的字，是韓語的音標方式。）

1. 강가【강까】　　河邊
2. 물고기【물꼬기】魚
3. 절도【절또】節度；竊盜

練習： 下面有一些連音的單字，自己試著唸唸看，並在音標的地方，填入韓文的音標。

1. 불시 【　　　】　　　不時

2. 결심 【　　　】　　　決心

3. 팔심 【　　　】　　　八十

4. 길가 【　　　】　　　路旁

 解答：

1.【불씨】　　　3.【팔씹】

2.【결씸】　　　4.【길까】

第**4**篇

9. 頭音法則

在韓語中，會避免以『ㄹ　ㄴ』開頭的漢字音，作為單字的第一個字。如果出現這種狀況時：

1. 會將『녀　뇨　뉴　니　녜』等字，

　　　改為『여　요　유　이　예』。

2. 會將『랴　려　료　류　리　』等字，

　　　改為『냐　녀　뇨　뉴　니　녜』。

3. 會將『라　러　로　루　르』等字，

　　　改為『나　　노　누　느』。

附錄：

▎子音發音規則速查表

子音	羅馬拼音規則解說	舉例
ㄱ	1. 在詞首（單字的第一個音）， 母音前，發音g。	· 고기　go gi　牛肉
	1. 當收音時發k。 2. 當收音後面的子音，是『ㄴ、ㅁ、 ㄹ』（n、m、r）音時，變音為ng。 3. 後面如果是ㅎ音時，發ㅋ的音。	· 교육　gyo yuk　教育 · 문학류【문항뉴】　mun hang nyu 　文學類 · 국화【구콰】　gu kwa　菊花
ㅋ	發k的音。	· 코끼리　ko kki ri　大象
ㄲ	發kk的音。	· 토끼　to kki　兔子
ㄴ	1. 在母音前，發n的音。	· 누나　nu na　姊姊（男稱姊）
	1. 當收音時，發n的音。 2. 前、後接子音『ㄹ』時，『ㄴ』變音l。	· 안녕　an nyeong　安寧 · 실내　sil lae　室內
ㄷ	1. 母音前，發音d。 2. 在子音『ㄴ ㅁ ㅇ ㄹ』的後面， 發d。	· 동전　dong jeon　銅板 · 면도칼　myeon do kal　刮鬍刀
	1. 當收音時發 t。	· 받다　bat da　接受
ㅌ	發t的音。	· 팀　tim　球隊
ㄸ	發tt的音。	· 딸기　ttal gi　草莓
ㄹ	1. 在母音的前面，發r的音。 2. 是外來語的字首，或一句話的開 頭時，發r的音。	· 드리다　deu ri da　給 · 레몬　rei mon　檸檬
	1. 當收音時發l。 2. 前後有『ㄴ』的子音時，『ㄹ』 發l的音。 3. 若前面的收音是『ㄱ ㄷ ㅂ ㅇ ㅁ』 音時，『ㄹ』變音為n的音。	· 겨울　gyeo ul　冬天 · 인류　il lyu　人類 · 박리　bak ni　薄利

第
4
篇

181

ㅁ	發m的音。	· 마시다　ma si da　喝
ㅂ	1. 母音前b。	· 바다　ba da　海
	2. 前面有子音『ㄴ ㄹ ㅁ ㅇ』時，發b的音。	· 봄비　bom bi　春雨
	1. 當收音時發p。	· 맵다　maep da　辣
	2. 後接『ㄹ ㄴ』音時，變音m。	· 소리없는　so ri eom neun　靜音的
ㅍ	發p的音。	· 표　pyo　票
ㅃ	發pp的音。	· 빵　ppang　麵包
ㅅ	1. 在母音的前面。	· 사이다　sa i da　汽水
	2. 在子音『ㄴ ㄹ ㅁ』的後面，發『ss』的音。	
	1. 當收音時，發t的音。	· 옷을 접다　o seul jeop da　摺衣服
	2. 後面接子音ㅇ時，則恢復s。	· 칫솔　chit sol　牙刷
	＊例外：後接잎字時，變音為n nip	· 나뭇잎　na mun nip　樹葉
ㅆ	發 ss的音。	· 쌍조　ssang jo　雙槽
	當收音時，發t的音。	· 하자가 있다　ha ja ga it da　有瑕疵
ㅇ	在頭音不發音，尾音發 ng 的音。	· 동전　dong jeon　銅板
ㅈ	1. 在母音前面發j的音。	· 저음　jeo eum　低音
		· 상점　sang jeom　商店
	1. 當收音時發t的音。	· 찾기　chat gi　搜尋
ㅉ	發jj的音。	· 짧은 자　jjal beun ja　短尺
ㅊ	發ch的音。	· 참새　cham sae　麻雀
	當收音時發t的音。	· 꽃　kkot　花
ㅎ	1. 發h的音。	· 허리띠　heo ri tti　腰帶
	2. 前後若有子音時，結合子音發音上揚如國語的一聲。	

第5篇

模擬測驗

1.　□ 타　□ 다　　　　2.　□ 라　□ 나

3.　□ 무　□ 므　　　　4.　□ 으　□ 즈

5.　□ 저　□ 처　　　　6.　□ 쩌　□ 져

7.　□ 끼　□ 씨　　　　8.　□ 긔　□ 씌

9.　□ 해　□ 혜　　　10.　□ 회　□ 훠

11.　□ 버　□ 벼　　　12.　□ 뵤　□ 보

13.　□ 구　□ 쿠　　　14.　□ 꾸　□ 끄

15.　□ 더　□ 떠　　　16.　□ 텨　□ 뎌

17.　□ 와　□ 외　　　18.　□ 써　□ 서

19.　□ 비　□ 피　　　20.　□ 삐　□ 띠

（二）說說看 下面都是一些韓國料理的名稱，
單字不會太難，試著說說看！

1. 삼계탕
   蔘雞湯
2. 김치찌개
   泡菜湯鍋
3. 해물파전
   海鮮煎餅
4. 돼지갈비
   烤豬排
5. 오징어볶음
   炒魷魚
6. 비빔밥
   拌飯；野菜拌飯
7. 떡볶이
   炒辣年糕
8. 순대
   豬血腸

⊙（三）寫寫看   聽老師的發音後，寫出正確的答案。

1. _____

2. _____

3. _____

4. _____

5. _____

⊙（四）連連看

1.聽老師唸的單字後，連出正確的選項。

2.如果你一直很認真的學習，都很熟悉課文的內容，也可以聽老師的題目，把答案寫在空白處，試試看吧。

1. _____ •   • 순간

2. _____ •   • 내일

3. _____ •   • 건강

4. _____ •   • 눈물

5. _____ •   • 꿀

解答：

（一）1. 타　　2. 나　　3. 므　　4. 즈　　5. 처　　6. 쩌　　7. 끼

　　8. 긔　　9. 혜　　10. 회　　11. 벼　　12. 보　　13. 구　　14. 끄

　　15. 떠　　16. 텨　　17. 와　　18. 써　　19. 피　　20. 띠

（三）1. 앙언임　　2. 쩌쪼쭈　　3. 근큰끈　　4. 바빠파　　5. 살업눅

（四）1. 내일　　2. 순간　　3. 눈물　　4. 건강　　5. 꿀

第
5
篇

乘勝追擊，再接再厲

學完本書，相信您對韓語的發音，已經有了充分的認識，看到韓語的生字，雖不知道它的意思，但是應該也能唸出它的發音。

學習語言重要的就是持之以恆的毅力，既然您已經有了一個成功的開始，那麼不繼續學習實在太可惜了。

時時複習，打好根基

因此，如果您對韓語的發音，還不是很熟練，建議您，每天抽出一點時間複習本書，時間比較充裕時，可以複習書本和MP3，時間有限時，可以利用影音互動式教學的內容快速的複習。充分的利用本書所有功能，達到奠定韓語發音基礎，是本書最大的宗旨。

進階學習「韓語入門」

如果您對韓語發音，已經十分熟練，那該如何進階學習呢？學會發音之後，建議您參考「用韓語名師的方法學韓語發音」的姊妹書—「韓語入門」。

本書同樣也有「影音互動式教學」，書本內容除了可以增加讀者的單字量外，還有每個單字的造句，讓讀者學習單字的運用，進階學習到韓語的語句。

此外，書中還有「基礎韓語會話」、「哈韓追星發燒句」、「偶像韓名大辭典」、「給偶像的一封信」等輕鬆的內容，建立讀者的學習興趣。

循序漸進學習韓語

對韓語的句子，有了基本的認識後，如果您對學習韓語的興趣欲罷不能，可以再參考「13億人都在學的韓語」，學習各種初級的韓語會話；「全方位韓語學習—單字‧會話‧文法‧句型」可以學習韓語簡單的句型。

如果您想要累積單字量，可以參考「秒殺，韓語1000單字」，它收集了初級的1000個單字，依照韓文字典的排序，每個單字都有標註詞性和例句，在沒有韓文字典的情況下，這一本是初學者必備的實用工具書。

「每天5分鐘，7天牢記韓語必備2000單字」是依照食衣住行等類別，將單字分門別類整理出來的單字書，方便讀者學習和記憶。

最後，由於韓語中有大量的單字，是引用自我們的漢字，所以，為了讓讀者可以用中文快速學韓語，特別推出了「韓國人天天説生活單字」，讓讀者利用我們中國人中文母語的基礎，快速累積韓語單字。

所以，只要循序漸進的，按照一定的腳步學習，您一定會學好韓語的。

基本字母發音表

子音 ＼ 母音	ㅏ (아)	ㅑ (야)	ㅓ (어)	ㅕ (여)	ㅗ (오)	ㅛ (요)	ㅜ (우)	ㅠ (유)	ㅡ (으)	ㅣ (이)
ㄱ (기역)	가	갸	거	겨	고	교	구	규	그	기
ㄴ (니은)	나	냐	너	녀	노	뇨	누	뉴	느	니
ㄷ (디귿)	다	댜	더	뎌	도	됴	두	듀	드	디
ㄹ (리을)	라	랴	러	려	로	료	루	류	르	리
ㅁ (미음)	마	먀	머	며	모	묘	무	뮤	므	미
ㅂ (비읍)	바	뱌	버	벼	보	뵤	부	뷰	브	비
ㅅ (시)	사	샤	서	셔	소	쇼	수	슈	스	시
ㅇ (이응)	아	야	어	여	오	요	우	유	으	이
ㅈ (지읒)	자	쟈	저	져	조	죠	주	쥬	즈	지
ㅊ (치읓)	차	챠	처	쳐	초	쵸	추	츄	츠	치
ㅋ (키읔)	카	캬	커	켜	코	쿄	쿠	큐	크	키
ㅌ (티읕)	타	탸	터	텨	토	툐	투	튜	트	티
ㅍ (피읖)	파	퍄	퍼	펴	포	표	푸	퓨	프	피
ㅎ (히읗)	하	햐	허	혀	호	효	후	휴	흐	히

母音表

單母音	ㅏ	ㅓ	ㅗ	ㅜ	ㅡ	ㅣ	ㅐ	ㅔ	ㅚ	ㅟ
羅馬拼音	a	eo	o	u	eu	i	ae	e	oe	wi

雙母音	ㅑ	ㅕ	ㅛ	ㅠ	ㅒ	ㅖ	ㅘ	ㅙ
	ㅝ	ㅞ	ㅢ					
羅馬拼音	ya	yeo	yo	yu	yae	ye	wa	wae
	wo	we	ui					

單子音	ㄱ	ㄴ	ㄷ	ㄹ	ㅁ	ㅂ	ㅅ	ㅇ
	ㅈ	ㅊ	ㅋ	ㅌ	ㅍ	ㅎ		
羅馬拼音	g,k	n	d,t	r,l	m	b,p	s	×,ng
	j	ch	k	t	p	h		

雙子音	ㄲ	ㄸ	ㅃ	ㅆ	ㅉ
羅馬拼音	kk	tt	pp	ss	jj

子音發音位置總表

發音方式 ＼ 發音部位		發音	舌尖 （上齒齦）	舌面 （硬額）	舌根 （軟額）	喉嚨
破裂音	平音	ㅂ	ㄷ		ㄱ	
	重音	ㅃ	ㄸ		ㄲ	
	氣音	ㅍ	ㅌ		ㅋ	
破插音	平音			ㅈ		
	重音			ㅉ		
	氣音			ㅊ		
插音	平音		ㅅ			ㅎ
	重音		ㅆ			
鼻音		ㅁ	ㄴ		ㅇ	
邊音（閃音）				ㄹ		

母音總表

單母音	ㅏ	ㅓ	ㅗ	ㅜ	ㅡ	ㅣ	ㅐ	ㅔ	ㅚ
雙母音	ㅑ	ㅕ	ㅛ	ㅠ	ㅒ	ㅖ	ㅘ	ㅙ	
	ㅝ	ㅞ	ㅢ						

發母音時，舌頭的位置圖

（舌的前後位置）

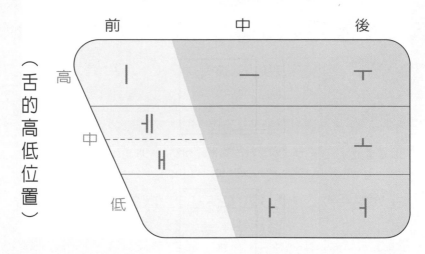

韓文造字及拼音方式

括弧內的字,是韓文字羅馬拼音的拼寫方式。

1 一個單母音或一個雙母音

오(o)五;아(a)啊;왜(wae)為什麼。

單母音(ㅗ)

單母音(ㅏ)

雙母音(ㅙ)

註:當子音ㅇ搭配一個母音成字時,子音ㅇ不發音,是個虛字。

2 子音加母音

개(gae)狗

子音(ㄱ) 母音(ㅐ)

拼寫方式:子音ㄱ(g)+母音ㅐ(ae)=개(gae)

- -

그(geu)那

子音(ㄱ)

母音(ㅡ)

拼寫方式:子音ㄱ(g)+母音ㅡ(eu)=그(geu)

③ 子音加母音加子音

꽃（kkot）花

子音（ㄲ）
母音（ㅗ）
子音（ㅊ）

拼寫方式：雙子音ㄲ（kk）+母音ㅗ（o）+子音ㅊ（t）＝꽃（kkot）

방（bang）房間

子音 （ㅂ）	母音 （ㅏ）
子音 （ㅇ）	

拼寫方式：子音ㅂ（b）+母音ㅏ（a）+子音ㅇ（ng）＝방（bang）。

③-1 母音加子音

용（yong）龍；茸

子音（ㅇ）
母音（ㅛ）
子音（ㅇ）

拼寫方式：ㅇ+母音ㅛ（yo）+子音ㅇ（ng）＝용（yong）

註：上面的子音ㅇ是無聲虛字，下面的ㅇ是有聲子音，發ng[ŋ]的音。

④ 子音加雙母音

과（gwa）科；課

子音（ㄱ）
雙母音（ㅘ）

拼寫方式：子音ㄱ（g）+雙母音ㅘ（wa）＝과（gwa）

5 子音加雙母音加單子音

광（gwang）光

子音 （ㄱ）	雙 母 音 （ㅘ）
子音（ㅇ）	

拼寫方式：子音ㄱ（g）+雙母音ㅘ（wa）+子音ㅇ（ng）＝광（gwang）

6 子音加母音加雙子音

삶（sam）生活；人生

子音 （ㅅ）	母音 （ㅏ）
子音 （ㄹ）	子音 （ㅁ）

拼寫方式：子音ㅅ（s）+母音ㅏ（a）+雙子音ㄹㅁ〔ㅁ（m）為
代表音〕＝삶〔삼〕（sam）

- -

밖（bak）外面

子音 （ㅂ）	母音 （ㅏ）
雙子音 （ㄲ）	

拼寫方式：子音ㅂ（b）+母音ㅏ（a）+雙子音ㄲ〔代表音為ㄱ
（k）〕＝밖〔박〕（bak）

- -

　　韓文的發音與拼音方法，是不是很簡單又很有趣呢？瞭解了韓
文的拼音規則後，看到韓文字，即使是你沒有學過的生字，相信
你都可以順利的拼出它的正確發音。只要多加練習，相信很快就
能學會拼音的技巧，奠定好紮實的韓語基礎，加油囉！

發音部位側面圖

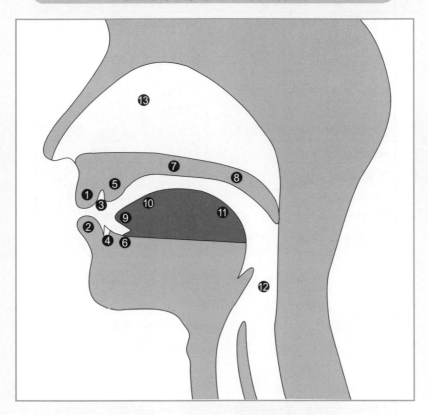

❶ 上唇	❽ 軟顎
❷ 下唇	❾ 舌尖
❸ 上牙齒	❿ 舌面；舌前
❹ 下牙齒	⓫ 舌根；舌後
❺ 上齒齦	⓬ 聲帶；喉嚨
❻ 下齒齦	⓭ 鼻腔
❼ 硬顎	

子音發音規則速查表

子音	羅馬拼音規則解說	舉例
ㄱ	1. 在詞首（單字的第一個音）， 母音前，發音g。	· 고기　go gi　牛肉
	1. 當收音時發k。 2. 當收音後面的子音，是『ㄴ、ㅁ、 ㄹ』(n、m、r) 音時，變音為ng。 3. 後面如果是ㅎ音時，發ㅋ的音。	· 교육　gyo yuk　教育 · 문학류【문항뉴】　mun hang nyu 　文學類 · 국화【구과】　gu kwa　菊花
ㅋ	發k的音。	· 코끼리　ko kki ri　大象
ㄲ	發kk的音。	· 토끼　to kki　兔子
ㄴ	1. 在母音前，發n的音。	· 누나　nu na　姊姊（男稱姊）
	1. 當收音時，發n的音。 2. 前、後接子音『ㄹ』時，『ㄴ』變音l。	· 안녕　an nyeong　安寧 · 실내　sil lae　室內
ㄷ	1. 母音前，發音d。 2. 在子音『ㄴ ㅁ ㅇ ㄹ』的後面， 發d。	· 동전　dong jeon　銅板 · 면도칼　myeon do kal　刮鬍刀
	1. 當收音時發 t。	· 받다　bat da　接受
ㅌ	發t的音。	· 팀　tim　球隊
ㄸ	發tt的音。	· 딸기　ttal gi　草莓
ㄹ	1. 在母音的前面，發r的音。 2. 是外來語的字首，或一句話的開 頭時，發r的音。	· 드리다　deu ri da　給 · 레몬　rei mon　檸檬
	1. 當收音時發l。 2. 前後有『ㄴ』的子音時，『ㄹ』 發l的音。 3. 若前面的收音是『ㄱ ㄷ ㅂ ㅇ ㅁ』 音時，『ㄹ』變音為n的音。	· 겨울　gyeo ul　冬天 · 인류　il lyu　人類 · 박리　bak ni　薄利

ㅁ	發m的音。	・ 마시다　masida　喝
ㅂ	1. 母音前b。	・ 바다　bada　海
	2. 前面有子音『ㄴ　ㄹ　ㅁ　ㅇ』時，發b的音。	・ 봄비　bombi　春雨
	1. 當收音時發p。	・ 맵다　maepda　辣
	2. 後接『ㄹㄴ』音時，變音m。	・ 소리없는　sorieomneun　靜音的
ㅍ	發p的音。	・ 표　pyo　票
ㅃ	發pp的音。	・ 빵　ppang　麵包
ㅅ	1. 在母音的前面。	・ 사이다　saida　汽水
	2. 在子音『ㄴㄹㅁ』的後面，發『ss』的音。	
	1. 當收音時，發t的音。	・ 옷을 접다　oseuljeopda　摺衣服
	2. 後面接子音ㅇ時，則恢復s。	・ 칫솔　chitsol　牙刷
	＊例外：後接잎字時，變音為n nip	・ 나뭇잎　namunnip　樹葉
ㅆ	發ss的音。	・ 쌍조　ssangjo　雙槽
	當收音時，發t的音。	・ 하자가 있다　hajagaitda　有瑕疵
ㅇ	在頭音不發音，尾音發ng的音。	・ 동전　dongjeon　銅板
ㅈ	1. 在母音前面發j的音。	・ 저음　jeoeum　低音
		・ 상점　sangjeom　商店
	1. 當收音時發t的音。	・ 찾기　chatgi　搜尋
ㅉ	發jj的音。	・ 짧은 자　jjalbeunja　短尺
ㅊ	發ch的音。	・ 참새　chamsae　麻雀
	當收音時發t的音。	・ 꽃　kkot　花
ㅎ	1. 發h的音。	・ 허리띠　heoritti　腰帶
	2. 前後若有子音時，結合子音發音上揚如國語的一聲。	

韓語系：12

韓語發音快速入門（MP3版）

....

作者／劉小瑛
出版者／哈福企業有限公司
地址／新北市中和區景新街347號11樓之6
電話／(02) 2945-6285 傳真／(02) 2945-6986, 3322-9468
法律顧問／北辰著作權事務所 蕭雄淋律師
郵政劃撥／31598840 戶名／哈福企業有限公司
出版日期／2015年7月 再版2刷／2017年11月
定價／NT$ 249元 (附MP3)

....

全球華文國際市場總代理／采舍國際有限公司
地址／新北市中和區中山路2段366巷10號3樓
電話／(02) 8245-8786 傳真／(02) 8245-8718
網址／www.silkbook.com 新絲路華文網

....

香港澳門總經銷／和平圖書有限公司
地址／香港柴灣嘉業街12號百樂門大廈17樓
電話／(852) 2804-6687 傳真／(852) 2804-6409
定價／港幣83元

....

email／haanet68@Gmail.com
網址／Haa-net.com
facebook／Haa-net 哈福網路商城

....

郵撥打九折，郵撥未滿1000元，酌收88元運費，
滿1000元以上者免運費

國家圖書館出版品預行編目資料

韓語發音快速入門 / 劉小瑛 編著. -- 新北市：哈
福企業, 2015.07
　　面； 公分. --（韓語系列：12）
ISBN 978-986-5616-15-1 (平裝附光碟片)

1. 韓語　2.發音

803.24